블러드 시스터즈

블러드 시스터즈

김이듬
장편소설

문학동네

• 차 례

블루 스타킹 … 009
인스턴트 데이즈 … 015
차라투스트라 … 020
알데바란 … 028
블루문 … 033
바이러스 콤플렉스 … 036
메리 앤드 글루미 크리스마스 … 042

데스마스크 … 051
알리바이 … 053
펜듈럼 … 060
히치하이커 … 066
웨딩 케이크 … 072
마트료시카 … 078
켄타우루스 프록시마 … 082
페이스오프 … 086

3부

포르말린 ⋯ 097
위버멘쉬 ⋯ 105
메타모르포제 ⋯ 110
헤이, 헤이, 헤이 ⋯ 118
플라스틱 피시 ⋯ 130
크로스워드 퍼즐 ⋯ 135
스페어타이어 ⋯ 142
허니 치즈 브레드 & 스틱캔디 ⋯ 146
스톱, 스톱 ⋯ 158

4부

인터뷰 ⋯ 169
어메이징 그레이스 ⋯ 174
알고리즘 ⋯ 178
러시안 블루 ⋯ 187
룰렛 게임 ⋯ 194
브라보, 마이 라이프 ⋯ 198
오프닝 세리머니 ⋯ 203

해설 | 어떤 방황, 소수자의 통과 의례_정영훈(문학평론가·경상대 교수) ⋯ 213
작가의 말 ⋯ 236

1부

블루 스타킹

인스턴트 데이즈

차라투스트라

알데바란

블루문

바이러스 콤플렉스

메리 앤드 글루미 크리스마스

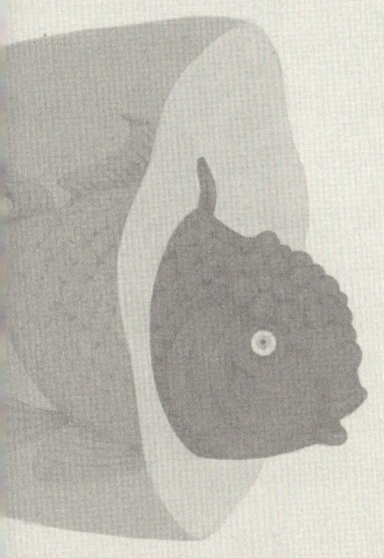

블루 스타킹

눈을 떴다, 다시 감았다. 에이, 제기랄 햇살. 다시 눈을 가늘게 뜨고 눈앞에서 희뿌옇게 움직이는 물체를 바라본다. 어른거리는 흰 발목, 쭉 곧은 다리, 일렁거리는 엉덩이. 아! 빌어먹을, 네 전부를 보여줘. 빠직하고 머리가 깨질 것 같다. 여자는 창문 앞 빛을 향해 반쯤 몸을 돌린 채 두 겹의 주름이 잡힌 허리춤에 브래지어를 늘어뜨리고 호크를 잠근 후 뒤로 돌려 유방 쪽으로 올리고 있다. 둥글고 풍만하고 아주 따뜻한 가슴이다. 부스스한 머리카락이 얼굴을 가리고 있다.

'나를 향해 돌아서봐요. 날 안고 입 맞춰줘!'

난 여자의 나체를 수없이 봐왔다. 너무나 멋지거든, 너무나 멋져. 아니, 정확하게는 여자의 누드화를 몇백 점 이상 보았을 것이다. 보티첼리에서 쿠르베를 거쳐 달리의 누드 들을. 사실주의니 초현실주의니 창작년도가 어쩌고저쩌고는 모르겠다. 뭐, 그런 걸 막론하고 인쇄 상태가 좋은 게 좋았다. 조용한 도서관 한 구석에서 〈세상의 기원〉에 혓바닥을 대면 내 몸은 축축한 거품이 되어 동그랗게 말리면서 그 구멍 안으로 빨려 들어가는 것 같았다. 지저분하고 야단스러운 이 세계를 떠나 시험지나 용돈이 필요 없는 곳으로.

지금 저기 살아 움직이는 누드화는 보송보송하고 관능적이다. "만약 신이 여성의 가슴을 저렇게 만들지 않았다면 나는 화가가 되지 않았을 거야." 르누아르는 이렇게 중얼거리며 한평생 그림을 그렸다지. 그에 못지않게 나 또한 여자의 누드에 탐닉한다. 그것이 인간의 육체에 숨어 있는 우주의 미학이든, 남자들의 관음증을 충족시키는 시각적 쾌락의 대상이든.

학교 복도에 서 있던 석고상은 매일 낙서와 땟물 따위로 얼룩덜룩했다. 청소 담당이라 오늘 저녁 수염을 지우고 가면 내일의 석고상에는 시꺼먼 음모가 수북하고 젖꼭지가 스물몇 개나 그려져 있었다. '도대체 예술을 이해 못하는 것들하고는……' 미술부 담당교사는 자신이 만든 비너스를 껴안고 끈적끈적한 블루스를 추듯이 미술실 안으로 들어갔다. 그리고 교실 구석에 흰 천을 씌워놓고는 가장 늦게 나가는 내게 문단속 잘하라고 지시했다.

다음날, 오! 지저스. 어떤 추잡한 미치광이 개새끼들이 기어들어와 비너스를 쓰러뜨리고 정액을 뿌려놓았을까? 나는 정액이 말라붙은 그녀의 입술과 목덜미를 닦아주다가 걸레를 집어던지고 나왔다. 내 붓과 팔레트 같은 화구들을 챙겨와달라고 친구에게 부탁하려다가 그만두었다. 입 다물고 묵묵히 시간만 죽이면 되던 고등학교 미술반 생활과도 그것으로 끝이었다. '초지일관'이라는 급훈과는 반대로 뭐 하나 끝까지 하는 법이 없는 것, 그게 내 법이다. 지우고 다시 시작하는 건 파리 잡기보다 쉬울 테니까.

"어, 깼어? 나 또 지각이겠다. 1교시 수업이거든. 갔다 올게. 이따 봐."
"저기…… 캑, 선배…… 캑캑!"
미안하다고, 어젠 내가 심했다고 말하려는데, 쾅, 문이 닫힌다.
'웬일로 치마를? 립스틱은 또 뭐야?'
내가 이 방에 얹혀살면서 지금까지 본 선배는 외출할 때마다 대충 머리칼을 질끈 묶고 청바지에 티셔츠, 그 위에 검정색 재킷을 걸치고 회색 머플러를 두르며 뛰어나갔다. 커다란 가방을 둘러메고 여행자 모드로.
어제 저녁 무렵에는 선배를 선두로 얼추 비슷한 차림새의 여자 한 명, 남자 둘이 따라 들어왔다. 나는 막 끓기 시작한 물에 라면을 집어넣으려고 절반으로 부수는 참이었다. 에이씨, 주먹으로 라면을 산산조각 냈다.
"인사해, 여긴 내 친구들, 그리고 얜…… 내가 말했지? 정여울이라고, 앞으로 우리 블루스타킹 멤버가 될 예비 인재."

선배는 발간 잇몸을 드러내고 웃으며 내 어깨를 툭툭 쳤다. 나는 금시초문이라 뭘 어찌해야 할지 몰라 일단 가스레인지에 불을 끄고 고개를 푹 숙였다. 엄지발톱이 푸르뎅뎅하다. 부러지고 멍든 데가 발톱만은 아니다. 코에 점이 있는 여자가 자기도 배고프다며 냄비에 물을 더 붓고 라면을 두 개 넣었다. 완전 파편이 된 라면을 쳐다보더니 "야! 너랑 지민이랑 사귀냐? ……아아, 농담이야" 얼버무리며 계란을 깨넣었다. 내 귀가 뜨거워졌다.
 밥상을 펴고 두 사람은 라면을 먹고, 저녁을 이미 먹었다는 한 사람은 방바닥에 책을 펼치고 이야기를 시작했다. 젠더니 성적 소수자니 계급이니 노동이니 아나키스트니 하는 식의 단어들이 강철로 만든 캔디처럼 목에 걸려 면발이건 김치 가닥이건 넘어가지 않았다. '아! 재수 없어. 아는 체하는 것들이란…… 좁아터진 방구석에 쌍쌍이 앉아 그 짓 하려면 꽤나 힘들겠군.'
 "전 약속이 있어서 이만……"
 "뭐? 다 저녁에 어딜 간다고? 갈 데나 있어?"
 난 도망치다시피 잠바를 집어들고 밖으로 뛰어나갔다. 구겨신은 운동화에 손가락을 집어넣으며 내가 진짜 갈 데가 없는 건지 생각했다. 진짜로 갈 데가 없었다. 막막했다.
 골목 끝에 쭈그리고 앉아 30분쯤 있었을까? 검은 고양이가 꼬리를 추켜세운 채 담장 위를 지나갔다. 야옹, 불러도 그냥 가는 도도한 흰 수염에게 돌멩이를 던졌다. 잠시 후, 중학생 또래로 보이는 애들이 골목 깊숙이 들어왔다. 그들은 제법 취한 듯 비틀거렸다. 담벼락에 붙어 담뱃불을 붙이려다가 어둠 속에서 꿈지럭거리는 나와 눈이 마주치자 주춤주춤 뒤로 물러서다가 쓰레기통을 넘어뜨리더니 어딘가로 몰려나갔다. 녀석들, 누가 지들을 잡아먹기라도 하나? 맹세컨대 난 험악한 인상도 아니고 조무래기들 삥이나 뜯는 허섭스레기도 아니다. 난 그저 이 세상을 두리번거리다가 생각난 듯 외침인지 탄식인지 모를 소리를 허공에 내지르는 패배한 청춘일 뿐. 난 이런 나의 훌륭한 패배근성이 맘에 든다.

'이 비겁한 녀석아, 뭐가 두려운 거야? 너를 부숴봐! 다른 사람에게 피해를 주지 않는 한 너는 너를 파괴할 권리가 있어.'

어둠 속에서 꿈지럭거리는 무엇인가가 나에게 속삭였다. 그렇지만 '꿈꿀 권리', '자기가 자기를 파괴할 권리' 그따위 말에 도발될 만큼 난 녹록치 않다.

월월월, 진짜 개다. 오늘은 지구의 온갖 개와 고양이가 만나는 1년에 한 번쯤 있음 직한 목요일 밤인가? 하늘에서 내려줄 리는 만무하고…… 지나던 UFO가 내던졌음이 틀림없을 깜찍하지도 예쁘지도 않은 개를 안고 골목 밖으로 나왔다. 추위가 한결 가시는 것 같았다. 큰길로 나가니 사람들로 북적였다.

무작정 걸었다. 걷고 있는 방향이 집으로 가는 버스 노선과 일치해서 깜짝 놀랐다. 최소한 부모에게…… 가만, 부모라니, 그들에게는 몰라도 내 고양이한테는 이별 키스를 했어야 했다. 이렇게 될 줄 누가 알았나? 걘 한동안 날 찾아내라고 신경질을 부리며 단식투쟁도 했겠지. 하지만 지금쯤 아빠 사타구니를 핥으며 갖은 아양을 부리고 있을 거야. "밀크야!" 부르기도 전에 달려오던 녀석, 자기의 새까만 발바닥을 제 혀로 핥듯 자기가 밀크이면서 밀크를 먹어대는 영악하고 게으르고 어리고 살짝 그리운 녀석.

애완견 숍 앞에서 잠시 망설였다. 내 또래로 보이는 여자애가 유리문을 열고 나와 셔터를 잡고 끌어내렸다. 짧은 가죽 치마가 허벅지를 드러냈다. 매니큐어가 망가졌는지 손톱을 보며 미간을 찌푸렸다. 난 슬그머니 다가가 안고 있던 치와와를 보여주었다.

"……여기서 개를 사기도 합니까? 애를 팔고 싶은데 얼마나 받을 수 있을까요?"

"어머! 얜 나나잖아? 자기 개 맞아요? 아침부터 애 잃어버렸다고 동네방네 난리도 아니었는데……"

나나의 엄마는 카페에 있다고 했다. 그 여자애가 열심히 가르쳐준 곳은 의외로 찾기 쉬웠다. 학교 정문에서 지하철역 가는 길, 농협 맞은편 건물 2층이라고 말하면 간단했을걸. 카페 안은 어두침침했고 답답했다. 분위기에 어울리지 않게 〈첫눈이 온다구요〉가 흘러나오고 있었다. 작년엔가 무슨 대학가요제에서 상을 받은 곡이었다. "슬퍼하지 마세요, 하얀 첫눈이 온다구요"로 시작하는 보이스가 좋아 나는 고3 시절 막바지에 그 노래를 흥얼거리며 보냈다. 그래봤자 작년에도 눈은 안 왔다.

카페 주인은 개를 보더니 비명을 지르며 눈물을 펑펑 쏟았다.

어디 갔었냐, 어떡하다 그랬니, 어디 다친 덴 없니, 아이쿠, 그래 내 새끼 배가 많이 고팠구나…… 내가 한 번도 들어보지 못한 인사말을 개에게 늘어놓으며 개를 물고 빨았다. 늙다리 손님들의 시선은 아랑곳하지 않았다. 한바탕 정신 못 차리고 난리도 아니더니 그제야 기다리고 기다리던 말을 꺼냈다.

"학생! 고마워서 어쩌지? 어떻게 사례를 하면 좋을까?"

"글쎄요, 무슨 답례를 바라고 온 건 아니고요……"

다 기어들어가는 목소리로 유기견 보호센터 자원봉사자처럼 대답했다. 마스카라가 번져 우스꽝스러운 여자의 얼굴에 대고 내 진심을 털어놓을 수는 없었다. 알아서 돈이나 좀 집어주지, 여자는 이름이 뭐냐, 어디 사느냐, 무슨 과냐 등 쓸데없는 걸 물으며 아래위를 쭉 훑어보았다.

"그렇구나, 경험은 없어도 괜찮으니까 여기서 일해주면 좋겠는데……"라고 여자가 말끝을 흐렸다. 그러고는 내 눈치를 살피면서 "이것도 특별한 인연이고 하니 월급은 다른 곳, 다른 사람보다 훨씬 많이 줄게"라고 덧붙였다.

인스턴트 데이즈

어제는 너무 마신 것 같다. 카페에서 주인이 따라주는 술 몇 잔을 받아 마시고 오니, 아무도 없었다. 방은 난장판이 되어 있었다. 사복경찰이 덮친 것처럼 술병과 의자가 넘어져 있고 여기저기 책과 노트, 팸플릿 따위가 뒹굴고 있었다. 난 동분서주하며 그것들을 치웠다. 잠시 후 선배가 들어와서는 '입장 차이로 친구들 간에 언쟁이 있었고 나를 배려해서 중간에 마쳤으며 방금 친구들을 배웅하고 왔다'는 요지의 말을 장황하게 했다. 나는 무뚝뚝하게 "왜 꼭 그룹 스터디를 여기서 해야 하나?"고 남은 술병을 들고 마시며 대꾸했던 것 같다. 그러곤 또 뭐랬더라? 아무튼 방세를 보태지도 않으면서, 라면 한 개 사다놓지도 않으면서, 보름 이상 죽치고 있는 내 입에서 나올 말은 아니었던 것 같다. 선배는 뭔 그런 거지 같은 아르바이트를 한다고 설쳐대느냐, 내가 언제 생활비 보태라고 했느냐, 그렇게 살려고 집 나왔느냐, 차라리 굶어 죽으라는 둥 몰아붙였다.

"선배가 날 알면 얼마나 알아?"

"난 네가 개인적이고 이기적인 삶을 사는 걸 원치 않아. 생각해봐. 지금이 어느 때니? 최루탄 터지고 화염병이 난무하는 교정을 다니면서 넌 아무 생각도 없어?"

"그래! 나 골이 텅텅 비었어. 그러니까 도대체 어쩌라고! 선배처럼 커리큘럼이니 문건이니 달달 외우고 스트라이크를 위해 짱돌이나 깨야 돼?"

"우리가 만났던 지난여름을 생각해봐."

"아, 지겨워, 또 그 소리! 그땐 다들 그랬어. 너나없이 호헌철폐를 부르짖었다고! 어깨 걸고 거리로 나갈 수밖에 없는 시국이었잖아. 안 그랬으면 완전 매국노로 몰렸을걸? 지금은 달라. 난 그때도 그냥 선배가 하자는 대로 따라간 것뿐이야. 그저 선배가 좋아서 잘 보이고 싶었어. 정치적 신념 같은 거 없어. 나한테 스터디 그룹에 들어오라느니 이 책 읽어봐라, 저기 같이 가자며 의식화시키려고 들지 마. 그럴수록 난 냉담해질 거야. 현실로부터 갈 수 있는 데까지 멀리 갈 거라고."

"너 참 많이 변했다. 네 동생이 죽은 뒤로."

난 입을 틀어막고 화장실로 뛰었다. 공동 화장실은 누군가 안에서 문을 잠그고 있었다. 화장실 앞에서 토하고 있는데 문을 열고 나온 사람이 욕지거리를 해댔다. 토사물을 수습하고 나니 욕할 사람이 사라져 컴컴한 하늘을 향해 세번째 손가락을 치켜세웠다. Mother fucker, God fucker.

나는 씩씩거리며 누웠다. 선배가 이불 안에서 손을 잡아줬다. 손톱을 다 물어뜯어서 피가 날 지경인 선배의 손. 취중진담은 서로의 가슴에 피를 흘리게 했고 그게 미안해서 손을 잡고 나란히 잠을 청했다. 선배는 늘 나보다 늦게까지 스탠드 아래서 뭔가 쓰는 사람인데…… 동틀 무렵 우리는 가벼운 입맞춤을 했고 난 입 냄새 날까봐 숨을 참다가 다시 잤다.

선배가 벗어놓고 간 추리닝을 개켜놓고 이불도 말아올린다. 방이 휑한 느낌이다. 나는 혼자 버려진 것 같다. 먼지 쌓인 카세트의 버튼을 누른다. 김두수의 〈철탑 위에 앉은 새〉가 울려퍼진다. 내가 선배 생일에 선물한 테이프다. 듣긴 들었구나. 김민기랑 노찾사 앨범만 편애하더니.

너덜너덜한 김남주 시집 복사본을 펼친다. 첫 장에는 "함께 가자! 우리"라는 문구가 빨간 펜으로 적혀 있고 그 아래 "전사(戰士) 김지민"이라고 쓰여 있다. 으으으! 전사라니…… 약해 빠져가지고는. 지민 선배가 좋아하는 시가 나한테는 별로다. 소설도 마찬가지.

그나마 마야콥스키는 괜찮은 것 같다. 「나 자신」이라는 시도 멋지고 「바지를 입은 구름」도 나쁘지 않다. 러시아의 혁명 시인이라고 하는데 시는 굉장히 아방가르드한 것 같다. 물론 난 시를 잘 모른다. 잘 알고 싶지도 않다. '한 편만 더 읽고 씻고 나가자'며 눈을 감고 무릎 위에 책을 올려놓는다. 청맹과니 점쟁이가 부적을 뽑듯 신중하게 책장을 펼친다. 제목 한번 멋지다. 「나는 사랑한다」라니.

　　혼자서
　　피아노를 들 수는 없지
　　(하물며
　　철제 금고는 더욱 그렇지)
　　그렇다면
　　피아노보다
　　철제 금고보다
　　더 무거운 심장을

어찌 도로 찾아올 수 있을까
은행가란 현명한 족속
〈우리는 갑부다
주머니론 모자라
금고 속에 쌓아두었지〉
나는
금고 속의 보화처럼
네 안에
사랑을 감추고
전설의 제왕처럼 흐뭇하게
걸어다닌다

이 시는 장장 13페이지에 걸쳐 빼곡하고 삐뚤삐뚤하게 나열되어 있다. 복사가 잘못된 걸까? 군데군데 행갈이도 들쑥날쑥하고 글자 크기도 이상하고…… 혼자 큰 소리로 낭독하다가 머쓱하니 제풀에 지친다. 심장이 철제 금고보다 더 무거워진다.

—지민 선배! 오늘 저녁에 시간 나면 제가 알바하는 카페 구경하러 오세요. 전철역 가는 길에 있는 '인스턴트 파라다이스'예요. 6시 30분부터 12시까지. 저녁밥은 거기서 준다니까 저 기다리지 말고 혼자 맛있게 드시고요. —정여울

책상 위에 메모를 남겨두고 서둘러 나간다. 이건 등교가 아니라 완전 등산이다. 등록금을 받아 처먹고 셔틀버스도 한 대 안 굴리는 학교라니. 그래도 인문관은 좀 낫다. 4시부터 독일어문법 수업시간. 빠진 날이 많아서 어떻게 따라갈지 걱정이다. 게다가 모레까지는 '문학의 이해' 리포트를 제출해야 하는데…… 아! 심장은 사랑으로 가득 찬 금고가 아니라 걱정과 불만으로 쪼그라들거나 터져버리겠구나.

인스턴트 파라다이스…… 쩝쩝, 간판에 불이 켜져 있다. 어젠 몰랐는데 커다란 연분홍색 간판의 상호명이 어쩐지 노골적이면서도 촌스럽다. 인스턴트커피, 인스턴트라면, 인스턴트카메라, 또 뭐가 있지? 내 인생은 인스턴트 라이프인가? 일회성 인생! 과거도 없고 미래도 없고 전생도 없고 후생도 없고 영생도 없이 하루하루 다 쓰면 땡! 이 모든 세계가 오늘 하루뿐이라면…… 암, 그래그래, 정여울! 가급적 지나간 악몽에 흔들리지 말고 장기적 계획을 세우지 말자. Now and here, 오늘 하루만으로도 벅차 죽겠다. 바람이 분다. 검은 비닐봉지가 내 머리 위를 갈가마귀보다 멋지게 날아다닌다.

차라투스트라

지민 선배는 내가 일한 지 일주일이 다 됐는데도 카페 근처에

얼씬도 안 한다. 학과 공부하랴 틈틈이 시 쓰랴 바쁜 줄 알지만 해도 너무한다. 파김치가 되어 자정 넘어 들어가면 추한 매춘부 보듯이 슬슬 피하며 흰자위로 흘겨보곤 한다. "그딴 일 그만두고 책이나 읽어라, 공부해라." 그런 잔소리도 엊그제부터는 하지 않는다.

여긴 학교 근처라 질 나쁜 손님은 거의 없고 대부분이 학생들이다. 이따금 학교 선생들, 은행 직원, 지하철역 건너편 아파트촌에 사는 중년층 등이 드나드는 것 같다. 주인은 이틀에 한 번 정도 잠깐 얼굴을 비치곤 "별일 없지? 화분에 물 좀 줘라" 건성건성 멘트를 날리며 향수 냄새를 퍼뜨려놓고는 휘리릭 나간다. 그녀의 조카이자 카운터를 보는 선균씨 말로는 그녀에겐 광안리에 큰 카페가 있어 여긴 신경도 안 쓴다고 했다. 이 건물의 소유주도 그녀의 아버지인데다 몇 년 전 이혼할 때 위자료를 많이 받아서 돈 걱정 없는 사람이라고 했다.

주방에서 밥 먹고 칫솔에 치약을 묻혀 나오는데 가게 입구로부터 어기적어기적 웬 키 큰 아저씨가 걸어왔다. 간판에 불도 안 켰고 영업 시작하려면 아직 10분 남았는데.

"저기요…… 아직 문 안 열었거든요……"

아뿔싸! 이럴 수가…… 아빠다. 아빠가 학과사무실에 가서 친한 선배의 이름을 알아내고 내가 사는 곳을 찾아 약도를 보며 학교 후문으로 내달려 꽃집과 편의점, 부동산을 건너뛰고 굴다리 아래를 지나 후미진 골목으로 헐떡거리며 달려갔던 거다. 선배 목을 쥐고 내가 어디 갔는지 말하라고 다그친 후 여기까지 한달음에 달려온 거다.

"이거 정말 미안하지만…… 여기 화장실 좀 쓸 수 있을까요?"

"……뭐요?"

맥이 탁 풀리면서 바닥에 풀썩 주저앉고 말았다. 은영이가 그 사람에게 나가서 계단을 반 층만 올라가면 화장실이 있다고 말했다.

아빠를 정면으로 본 지 얼마나 되었나. 같은 식탁에서 밥 먹은 지 5백만 년은 흐른 것 같다. 내 생각을 할 리도, 찾아올 리도, 실종신고를 할 리도 없을 텐데……

내가 아빠의 살과 접촉한 것은 초등학교 2학년 때, 딱 한 번이다. 그때 난 가내공장에 살았다. 플라스틱을 원료로 물컹한 슬리퍼 같은 물건들을 만드는 작고 시끄러운 공장이었다. 난 고무줄놀이에 미쳐 있었다. 방과 후면 책가방을 운동장에 내팽개치고 친구들을 떼로 모아 고무줄넘기에 여념 없었다. 거추장스럽게 치마 두르고 간 날은 치마를 팬티 안에 쑤셔넣고 다리를 하늘 높이 벌릴 수 있는 데까지 벌렸다.

더운 여름날, 한밤중 꿈에 엄마를 만났다. 엄마는 호숫가에서 나를 향해 팔을 벌렸다. 나는 나풀나풀 뛰어가 엄마 품에 안겼다. 그런데 엄마 품이 얼음같이 차가웠다. 플라스틱으로 만든 엄마였다. 땀에 절어 깨어나보니 아무도 없었다. 난 잠결에 고무줄놀이를 했다. 고무줄이 없어 베개들을 쭉 늘어놓고 "전우의 시체를 넘고 넘어 앞으로 앞으로……" 노래 불러가며 베개를 넘고 또 넘었다. 그러다가 베개를 밟고 미끄러져 책상 모서리에 머리를 꽈당 찧었다. 이마에서 피가 콸콸 쏟아졌다.

나는 피범벅으로 어기적어기적 기계실로 갔다. 야근을 하던 아빠가 까무러치려고 했다. 날 들쳐 업고 죽어라고 뛰었다. 아빠의 러닝셔츠가 금세 시뻘겋게 변했다. 한여름 밤이었는데 내 턱이 딱딱딱 떨렸다. 어찌나 춥던지 얼어 죽을 것 같았다. 그리고 너무 졸렸다. 그리고 너무너무 좋았다. 온천장 복개 다리를 지나면서 나는 기도했다. 저 병원 불빛이 더 멀리 있으면 얼마나 좋을까요, 하느님! 제발 이 다리가 폭삭 무너지게 해주세요.

내 이마에는 그때 생긴 흉터가 있다. 만날 앞머리로 가리고 다니지만 기분이 엄청 꿀꿀한 날에는 난초 같은 흉터를 만지며 내 마음의 정원으로 잠입한다. 그곳에는 나무와 노래하는 새가 있고 장미꽃 덤불이 있고 난초 화분과 예쁜 돌멩이도 있다. 돌멩이에서 흰 새가 나온다. 나는 따뜻한 코코아를 마시고 나란히 풀밭에 앉은 나체의 여인이 내 뺨을 만진다.

'그런데 누가 진짜 내 엄마일까?'

화장실에 다녀온 남자는 애플 모히토 되냐고 묻는다. 내가 오만상 쓰며 여기 식사는 안 된다고 하자, "그거 식사 아닌데……" 하고 웃으며 진 토닉 한 잔을 주문했다. 난 이제 진 토닉 정도는 눈 감고도 만들 수 있다.

"그쪽도 한잔하실래요?"

그는 새우깡에는 손도 안 대고 같은 술을 한 잔 더 주문한다. 쥐색 주머니에는 삐져나온 칫솔 대가리가 대여섯 개 정도 달랑거린다. 칫솔 판매를 하는 사람인가보다. 혹시 지하철 안에서 승객들을 향해 칫솔의 효용에 관해 큰 소리로 설명하다 이 닦는 시범을 보이곤 하나씩 돌리는 그런 사람인가?

그가 계산서를 훑더니 불쑥 2만 원을 내밀었다.

"아니, 만 원이거든요."

내가 만 원을 돌려주니까 도로 주며 가지라고 한다.

"아! 제가 이걸 왜요?"

짜증스레 손을 내젓는데 은영이가 옆에서 받으라며 옆구리를 쿡쿡 찌른다. 이런 걸 팁이라고 하는구나.

카페에 있으니 이런 사람도 가까이서 볼 수 있구나. 강사 선생님이 오실 줄이야! 서울 S대에서 미학을 전공했다는 선생님이 여러 선생님들과 들어올 때 속으로 무척 반가웠다. 난 민주적이고 선동적이며 홀딱 반할 만큼 미남이라고 소문이 파다했던 이 선생님의 수업을 도강한 적 있다. 예술관까지 간신히 찾아가 무용과 날라리들 틈에 끼어 잠깐 루카치를 배웠다. 술판이 거나해지자 미학 선생님이 슬쩍 은영이의 허리를 안는다.

'어어, 저래도 되나? 저럴 수가 있어? 내가 저 의자에 앉았어야 했는데……'

생각이 갈팡질팡 정리가 안 된다.

미학 선생님의 친구인 또다른 선생님이 내 허벅지를 더듬던 손으로 포크를 쥔다. 포크가 무슨 마이크라고 입에 대고 노래를 한다. 그는 포크로 접시 긁는 듯한 목소리로 최신곡을 부른다. 나도 산울림의 사이키델릭을 좋아하지만 이건 좀 아니다. 그 옆자리 선생님은 송골매의 〈세상 모르고 살았노라〉를 반쯤 조져놓는다.

"어이, 거기 아가씨도 한 곡 해보지그래."

미학 선생님의 말이기 때문에 따르기로 한다. 그런데 아무리 곰곰이 생각해도 가사를 완전하게 아는 노래가 떠오르지 않는다. 아무래도 난 가사보다 음에 취하니까. 음, 뭐 있더라? 다들 빨리 안 하냐고 다그친다. 에이씨, 모르겠다. 이 사람들이 박수쳐줄 노래를 부르자.

"긴 밤 지새우고 풀잎마다 맺힌 진주보다 더 고운 아침이슬처럼…… 태양은 묘지 위에 붉게 떠오르고 한낮에 찌든 더위는 나의 시련……"

"야! 그만해. 그만 못 해?"

노래는 클라이맥스를 향해가고 난 점점 자신감이 붙어가는데…… 갑자기 순식간에 싸늘한 침묵이 흐른다. 그들은 언짢게 술이 확 깼다는 표정들이다.

"나 원 참! 어처구니없군. 어이, 아가씨들! 당신들 그렇고 그런 술집 아가씨들 아냐? 주제에 어디서 주워들은 건 있어가지고…… 어떻게 이 거룩한 운동가요를 이런 데서 부를 수 있냐고!"

아메리카노 두 잔을 시켜놓고 서너 시간 까르르대던 커플까지 나가고 난 뒤, 나는 은영이와 선균씨한테 말을 하고 밖으로 나왔다. 두 사람은 누가 팁을 받든 공평하게 셋이 나누는 게 이 업계의 룰이라고 말하면서 이번은 처음이니까 특별히 혼자 이 돈을 가지라고 했다. 난 오며 가며 봐온 음반을 사러 학교 정문 앞 레코드 가게로 간다.

'설마 벌써 팔린 건 아니겠지?'

조마조마하다. 진열대에 세워져 있던 그 음반 커버 그림은 얼마나 훌륭하며 또한 제목은 얼마나 멋졌던가? 음반 커버에는 얼룩덜룩 지독한 피부병에 걸린 것 같은 괴물의 얼굴 안에 갇힌 한 사람의 표정 없는 얼굴이 그려져 있었다. 그 사람은 아마 그 그룹사운드의 보컬일 것이다. 이탈리아 아트록 밴드 무제오 로젠바하의 〈차라투스트라〉다. 오가며 레코드 가게 쇼윈도에 이마를 대고 그 음반을 뚫어져라 바라보길 몇 차례, 내가 드디어 이걸 갖는구나……

어둡고 답답했던 카페에 환상적인 〈차라투스트라〉가 번진다. 러닝타임 이십여 분, 그러니까 이 곡을 하루에 열 번 이상 들을 수 있다.

"이 판만 계속 올려놓을 거야? 지겨워 미치겠어. 정신병 걸릴 것 같아."

은영이의 푸념과 동시에 나는 "나는 그대들에게 초인을 가르치겠다. 인간은 초극되어야 할 어떤 것이다"라는 글귀를 읽어내린다.

"지적 허영이야, 허영!"

선균씨는 턴테이블에 이광조를 올려놓는다.

"손님이 왕이니까 손님 취향에 맞춰야 돼."

선균씨는 우리 학교 체육학과 출신이라는데 꼭 그런 것 같지도 않다. 아무튼 그는 이 동네 어깨들과도 형, 아우 하며 지낸다고 한다. 나보다 한 뼘 정도 키가 크니까 한 175 정도? 스포츠머리에 딱 벌어진 어깨를 거들먹거리며 자기는 고급 트레이닝복, 메이커 운동화가 아니면 상대를 안 한다고 자랑스레 떠벌리는 사람이다.

"내 돈으로 산 게 아니니까 이 음반은 여기 기증할게요."

저녁으로 먹으려다가 포장해두었던 돈가스를 흔들며 어두운 골목을 지나 방으로 돌아온다. 방엔 불빛이 없고 조용하다.

"선배, 자요?"

아무도 없다. 아무리 바빠도 외박은 안 하는 사람인데…… 난 씻지도 않고 배를 깔고 책을 읽는다. 선배가 읽으라고 사정하던 책 중의 하나, 『차라투스트라는 이렇게 말했다』. 아마 내가 무명의 밴드 무제오 로젠바하에게 끌린 것도 알고 보면 선배가 권한 이 책 때문일 것이다. 아, 제기랄! 두껍기도 하다.

'내가 이러고 있는 걸 보면 씩 웃을 텐데…… 왜 안 오지?'

책 뒤표지에는 이렇게 씌어 있다. '대지는 피부를 가지고 있다. 그리고 이 피부는 여러 가지 병을 앓고 있다. 예를 들면 그 병의 하나는 인간이라고 불리는 것이다.'

몇 장 넘기는데 굉장한 졸음과 선배에 대한 걱정이 한꺼번에 밀려온다. 난 어쩔 수 없구나. 나는 어쩔 수 없는 꼼지락거리는 피부병, 내일 지구가 멸망한다 해도 이불을 뒤집어쓰는 난 잠의 대마왕.

알데바란

요사이 지민 선배는 다른 선배들과 같이 무슨 중대사를 모의하는 것 같다. 지민 선배는 이한열 열사가 돌아갔을 때 연세대에 가서 사나흘 철야농성을 했던 사람이다. 얼마 전에는 총여학생회 홍보부장을 사퇴하고 서울 구로에 있는 작업 현장으로 간다고 선언했었다. 선배 어머니가 쓰러지는 등 한바탕 난리를 치른 후에 잠잠해졌지만 또다시 무슨 일이든 저지르고도 남을 사람, 자진해서 세상의 모든 병을 다 앓으려는 사람이다.

기말시험 기간 내내 지민 선배는 자취방에 오지 않았다. 도서관과 동아리방에서 공부한다고 했지만, 시험을 치르긴 치르는 건지 밥은 먹고 다니는지 알 수가 없었다. 뭘 물어도 대답을 안 하거나 시큰둥하게 몇 마디만 했다. 따라다니며 뒤를 캐묻고 싶었지만 그럴 수 없었다. 내 코가 석자였다. 이래가지고는 학사경고 받기 십상이었다. 독일어문법 시험 답안지는 거의 텅텅 비운 채 제출했고 독어사 리포트는 늦게 들고 가 담당교수가 받아주지 않았다. 그나마 교양과목들은 어렵지 않았지만, 학점이야 나와봐야 아는 거니까.

며칠 만에 인스턴트 파라다이스로 간다. 그사이 주인과 나는 꽤 친해져서 기말시험 기간 동안 출근하지 않아도 봐주는 사이가 되었고 지난 일요일에는 열쇠를 복사해서 나에게 건네주기까지 했다. 공부할 데 없으면 낮에 여기 와서 공부하라면서.
카페 주인은 나나를 안고 길거리에 나와 있었다.
"별이 참 곱지?"
나도 고개를 쳐들어 하늘을 본다. 주로 땅을 보고 걷는 게 습관이라 하늘엔 별 관심이 없다. 사람들이 별이 어쩌니 낭만이 어쩌니 하면 우습다 못해 한심한 생각이 들었다.
"잘 안 보이는데요. 어디 별이 있다고 그러세요?"
"참 나…… 마음의 창으로 봐야 보이지. 별 하나, 별 두울, 별 세엣……"
세상엔 왜 이리 유치한 문학소녀들이 많은 걸까? 내가 먼저 카페로 들어가자 주인 여자가 따라 들어온다.
"그런데 여울아, 너 별자리가 뭐니?"
작작 좀 하시지……

"제가 5월생이니까 아마 황소자리쯤 될 거예요."

"음음음, 그러니까 자기는 알데바란의 기운을 타고난 거야. 그 별은 엄청 커다란 별인데 점성술에서는 그게 대길할 별로 통해."

"아, 네. 듣기 나쁘진 않네요."

이상하네. 나한테 무슨 부탁할 거라도 있나?

"사장님! 오늘은 바쁘지 않으신가봐요?"

"아니, 자기 인기 좋더라. 자기가 없는 사이 어떤 손님이 자기를 찾던걸?"

"절요? 누가요?"

"몰라, 뭐라더라? 내가 그분과 같이 술 마시면서 얘기 좀 나눴는데…… 구포 사거리에서 병원을 한다지?"

"전 그런 사람 몰라요. 잘못 찾아왔나보죠."

"그나저나 여울이 내년 등록금도 내야 하고 돈 들 일이 많겠네. 내가 오늘 월급 당겨줄 테니까 변변한 옷 한 벌 사 입어. 만날 똑같은 옷이잖아. 빨래는 언제 해?"

난 배가 고파 저녁을 먹어야겠다며 자리를 피했다. 주방에서 기다리고 있던 은영이가 내게 귀엣말로 속닥거렸다.

"여울아! 조심해…… 사장이 널 광안리 술집으로 데려가려고 저러는 거야. 거기 가면 영원히 이 바닥을 돌아다니게 될걸? 전에 있던 언니도 거기 가서는 이상해졌거든."

"넌 왜 그 언니라는 사람하고 같이 안 갔어?"

"난 여기가 좋아. 선균 오빠도 잘해주고…… 게다가 난 재수

생이잖아. 그런 데 가는 손님들은 대학생을 찾는다잖니. 나야 뭐 생긴 것도 딸리고……"

"미친년! 재수생은 무슨. 네가 책 보는 거 한 번도 못 봤다."

"내가 이러고 싶어서 이러냐? 울 엄마는 대학 갈 필요 없대. 돈 벌어서 빨리 시집이나 가랜다."

우리는 주방 보조의자에 앉아 비빔밥을 먹는다. 도라지, 콩나물, 이런 나물 들과 고추장은 사장 엄마가 만들어서 선균씨 편에 보내는 것이다. 어떤 날은 밥과 국, 김치를 보내고 어떤 날은 쇠고기를 절여 보낸다. 우리를 잘 먹여야 카페 일을 잘할 거라고 믿는 것 같다. 그렇지 않은 날은 우리끼리 라면을 끓여 먹거나 즉석 돈가스를 튀기거나 근처 중국집 같은 데 전화를 걸어 시켜 먹는다. 엄마들은 영원히 딸의 수호천사이거나 원수들이거나.

마칠 때쯤 되어 그때 그 칫솔 판매원이 들어왔다. 밖에 비가 오는지 머리가 다 젖어 있다. 나나 은영이나 다 같이 좀 난처하다는 표정을 지었다. 우리는 빨리 마치고 집에 가고 싶으니까.

"이리 와서 이것 좀 들어요."

칫솔 판매원 아저씨는 큼직한 케이크 상자를 테이블 위에 올려놓는다. 가뜩이나 출출하던 참이라 선균씨도 뛰어와서 케이크를 손으로 퍼먹는다. 허겁지겁 다 먹고 나서야 우린 고맙다고 말했다.

"이거 〈차라투스트라〉네!"

"어떻게 아세요? 와! 신기하다. 여울이가 이 곡은 자기밖에 모른다고 했는데……"
 은영이는 나한테 "순 엉터리, 거짓말쟁이!"라며 혀를 날름 내민다.
 "그럼, 이름이 여울? 성은요? 며칠 전에도 여기 왔었는데 안 보이셔서 그만뒀냐고 주인이란 사람한테 물어봤답니다. 참! 제 소개부터 하겠습니다. 이름은 한지현입니다. 집이 이 근처라서 퇴근하고 가는 길에 이 동네에서 친구를 만나기도 하고 혼자 돌아다니기도 해요."
 가까이서 보니 이 아저씨는 사진에서 본 젊었을 때 아버지 얼굴을 닮은 것도 같다. 눈에 검은 동공이 흰자위 위쪽으로 쏠려 있는 것도 그렇고 오뚝한 콧날에 살짝 끝이 올라가는 입술 언저리까지.

 터덜터덜 걷는다. 찬란한 알데바란은 고사하고 별 볼 일도 달도 없는 밤이다. 생을 의심하며 수없이 보낸 밤의 자율학습 시간이 더 좋았던 것 같다. 선균씨를 통해 월급봉투를 받았지만 열어보지 않았다. '신성한 노동의 대가'라기엔 뭔가 찜찜한 기분이다. 이게 다 알게 모르게 지민 선배의 물이 들어서 따지고 짚어보고 복잡하게 생각하는 거다. 이건 아니잖아?
 건널목에 서 있는데 누가 등짝을 퍽 하고 때린다. 돌아보니 고등학교 때 같은 반이었던 현미다.
 "야! 이게 누구야, 오현미 맞지?"

"그래. 넌 여전하구나."

"너, 유학 갔다고 들은 거 같은데……"

"아니, 미국 비자 때문에 많이 늦어졌어. 안 그래도 오늘 애들이랑 근처에서 송별회 하고 집에 가는 길이야. 혹시 네 소식을 들을 수 있을까 하고…… 미령이도 은숙이도 다들 너한텐 연락이 안 된다고 그러더라. 몇 번이나 너네 집에 전화했는데…… 그 새엄마라는 분, 왜 또 그러시니? 듣도 보도 못한 쌍욕을 해대고…… 나 널 못 보고 떠나는 줄 알고, 하마터면 미치는 줄 알았다…… 우리 어디 가서 얘기 좀 하자."

블루문

우리는 카페 인스턴트 파라다이스로 간다. 조금 떨어져 걸으며 조금 웃으며. 이 열쇠가 정말 쓰이게 될 줄 몰랐다. 누가 마지막으로 나갔지? 이상하게도 다 마친 카페 안에서 미세한 불빛이 새어나온다. 가만히 열쇠를 꽂는다. 찰카닥, 소름 끼치는 이 불길한 느낌은 뭘까?

"현미야! 넌 들어오지 말고 잠깐 여기서 기다려봐."

코발트블루색 페인트가 여기저기 벗겨진 쇠문을 서서히, 최대한 소리 죽여 열었다. 빠끔히 들여다보니 문 앞에 책가방이 넘어져 있다. 각진 가방의 덮개가 열려 『지리부도』, 『윤리』 같은 책 몇 권이 흩어져 있다. 저기 멀찍이 대각선 방향의 구석, 아무도 사용하지 않는 디제이 부스 옆, 정육점 불빛 같은 벌그스레한 조명 아래 선균씨가 서 있다. 발목까지 추리닝을 내린 채 몸을 앞으로 기울이고, 살코기 같은 엉덩이를 내놓고 막대기 같은 페니스를 한 손으로 쥐고 있는 게 보인다. 그 앞에 검정 치마를 턱 밑까지 덮어쓴 애가 벌거벗은 하반신을 드러내놓고 꿈틀거리고 있다.

왼손으로 입을 틀어막고 황급히 문을 닫으려는데 선균씨가 이쪽을 쳐다본다. 날 알아봤을까? 그의 눈빛이 돼지고기를 올려놓은 저울의 눈금처럼 흔들리는 걸 느낀다.

난 하얗게 질린 채 현미의 손을 끌고 계단을 구르다시피 내려왔다. 입김을 뿜으며 현미는 자기 차로 가자고 말한다. 공터에 세워놓은 승용차 안에서 나는 아무 말 없이 시트에 몸을 기댔다. 머릿속이 차 유리창처럼 뿌옇다.

"여울아! 바다 보러 갈래?"

"……"

"우리, 밤바다도 보고 해변도 걷자. 추워도 재밌을 거야, 그치?"

"아니, 귀찮아."

"라디오 틀까?"

"아니, 다 귀찮아."

현미는 뾰로통해가지고 입술을 오물거리다가 삐죽거린다. 오랜만에 기적적으로 만났는데 표정이 왜 그러냐? 안 반갑냐? 자기가 날 얼마나 좋아했는지 알지 않느냐? 나한테 갖다바친 수많은 간식이며 도시락이며 선물이며 편지 들을 기억하느냐? 쉼 없이 조잘거린다.

우리가 미숙하고 불충분했을 때, 무언가에 몰입하지 않으면 돌아버릴 것 같았을 때, 이 친구는 나를 남자애 다루듯 했다. 교정의 벤치에서 울먹이며 내 목을 끌어안았다. 밤의 목련나무 아래서 자신의 성기에 내 손가락을 넣어보라고 했다. 아예 쉬는 시간마다 우리 반 교실 복도에서 서성거리며 매점에 같이 가는 내 친구들까지 극도로 경계했고 방과 후 미술실에 들르지도 못하게 졸졸 따라다녔다. 나는 이 아이의 집착이 못 견디게 귀찮았으나 번번이 체리 드롭스 맛이 나는 이 애의 입술을 밀어내지 못했다.

현미는 운전대에 기대어 있던 머리를 들고 귓불을 내 목덜미에 갖다댄다. 따뜻하고 촉촉하게 젖어 있는 뺨이다. 얘는 진주 귀걸이를 빼고 블라우스 단추를 푼다. 내 자리로 넘어와 내 무릎에 걸터앉아 가볍게 입을 맞춘다. 허리를 세우곤 팽팽하고 하얀 젖가슴으로 내 얼굴을 누른다.

"……빨아줘!"

"난 그럴 기분이 아냐."

"제발, 한 번만. 이게 마지막이야."

그래, 이게 마지막이므로 두 번 다시는 보지 않을 테니까, 네 맘대로 해라. 지금 이 순간은 애를 이해하고 사랑하는 것 같다. 감각의 착란, 외로운 접촉, 숨소리와 뜨거운 열기로 물방울이 흐르는 유리창, 작고 하얀 방, 이 자동차가 이역만리 푸른 밤을 날아서 암흑성운 속을 미친 듯 항진하여 다시는 돌아오지 않기를 바란다.

바이러스 콤플렉스

학교에 휴학계를 제출했으니 이제 당분간 길고 긴 방학이다. 방학(放學), 배움을 놓는다는 뜻. 뭐든 움켜쥔 걸 놓아버리면 이렇게 홀가분해지는 걸까? 호호 손을 불며 교정을 걷는다. 문득 온실 같은 도서관도 얼어가는 겨울 숲도 다시 못 볼 것 같다는 슬픈 생각이 든다. 교정을 가로지르며 흘러가는 가느다란 계곡물을 한참 바라본다. 매서운 바람이 불어와 몸속으로 파고든다. 안팎 구분이 없는 이 잠바를 두어 달 입고 다녔다. 얼마 전 겨울 옷가지라도 가져오려고 집에 들렀더니 현관문 자물쇠가 바뀌어 있었다. 문을 발로 차고 흔들어도 끄떡없었다. 옆방에 세 들어 사는 부부의 어린 아들이 나를 알은체했다. 둘이서 축구공을 주고받다가 호주머니에 손을 꽂고 돌아섰다. 꼬마는 아쉬웠는지 내 앞을 막아섰다. 굴러가는 공과 공의 형체를 벗어난 공 그림자를 보았다. 난 꼬마의 머리칼을 흐트러뜨리며 억지로 웃었던 것 같다.

골목으로 들어서는데 끼익, 하마터면 스쿠터에 치일 뻔했다. "씨발년" 침 뱉듯 툭 던지고 시동을 다시 건다. 털털거리며 철 가방을 싣고 제가 무슨 분노의 오토바이 레이서라도 되는 양 달려간다. 저 고물 스쿠터가 제 마음의 속도를 따라갈 리 만무한데……

선배가 탕수육을 먹고 있다. 그릇에 코를 박다시피 하고 만날 백날 허기졌던 사람처럼.

"웬일이에요? 이 비싼 걸 다 시켜 먹고……"

내가 앉으며 나무젓가락을 둘로 쪼개는데, 선배가 싱크대로 뛰어가서 웩웩거린다.

"여울아! 거기서 쑥뜸할 때 나는 냄새 같은 거 나지 않니?"

"……아직 안 먹어봐서 모르겠는데……"

"너무 먹고 싶어 시켰는데…… 도저히 못 먹겠어."

남은 탕수육을 내가 다 먹어치우고 모로 누워 있는 선배를 물끄러미 본다. 간만에 밝은 데서 보니까 눈두덩이 퉁퉁 부어 있고 피부도 까칠한 게 영 안색도 좋지 않다.

"선배! 앉아봐요. 내가 캐리커처 예쁘게 그려줄게."

지민 선배가 웃는다. 내가 월급봉투를 내밀었을 때도, 벌렁 물구나무서서 배꼽까지 내놓고 방 안을 돌아다닐 때도, 『차라투스트라는 이렇게 말했다』를 읽었다고 말했을 때도, 선배가 쓴 시…… 꽤 괜찮다고 말했을 때도 웃지 않던 선배가 지금 나를 보며 희미하게 웃는다. 발간 잇몸을 본 게 언제인지 모르겠다.

뜯어낸 달력 뒷면에, 올해 마지막 달의 뒤편 흰 지면 위에 선배의 얼굴을 그린다. 아프고 사랑스러운 얼굴이 완성되어간다. 연필이 자꾸 미끄러진다. 자꾸만 실물보다 못생기게 그려져서, 저리 말갛게 번지는 미소를 내가 망쳐놓는 것 같아서…… 차라리 미완성으로 여기서 멈추는 게 낫지 않을까?

"나, 네가 일하는 카페, 가봤다."

미소가 싹 가신 얼굴엔 금세 수심이 가득 찬다. 지나치게 심각해서 무서워 보인다고 학과 후배들까지 자기를 멀리하는 걸 선배는 모른다.

"진짜요? 거기까지 왔으면 들어오지 그랬어요? 언제요? 왜 나를 보지도 않고 갔어요?"

"……그냥…… 실은 지난달에 갔었는데, 네가 마칠 시간에 맞춰 갔었는데, 아마 12시가 다 되었을 거야. 거기 일하는 사람이 잠시 요 앞에 나갔으니까 곧 들어올 거라고 말해서…… 칵테일까지 주면서 기다리라고 해서…… 기다렸는데 네가 안 오더라. 넌 벌써 일 마치고 간 뒤였나봐."

"기다리라고 한 사람이 여자였어요? 남자였어요?"

"몰라…… 남자."

"그러면 선균씨 같은데, 왜 여태까지 아무 말 안 했지?"

지민 선배는 몹시 피곤하다며 다시 눕는다. 그리고 벽을 향해 돌아눕는다. 어깨를 들썩거린다. 설마 우는 건 아니겠지.

오늘따라 더욱 가기 싫은 파라다이스, 지겹고 지겨운 파라다이스, 조만간 때려치우자는 심정으로 카페 문을 열었다. 그다지 늦은 편도 아닌데, 왜 이제 오냐고 은영이가 뭐라 한다. 교복 바람의 낯선 여자애가 꾸벅 인사를 한다.

"너! 교복 말고 옷 들고 다니지? 빨랑 갈아입고 테이블 닦아."

대학교는 방학이라 손님들이 많아질 테니 아르바이트생을 한 명 더 쓰는 거라고 했다.

"아무리 그래도 고등학생은 심하잖아?"

"누가 아니래? 선균 오빠가 쟤를 불렀어. 며칠 전에 여기 알바 자리 있냐며 찾아왔던 그 애잖아."

무심코 카운터에 서서 웬 푸르뎅뎅한 수첩을 들춰 보는데, 여기에 또박또박 날짜별로 사람들 이름이 적혀 있다.

……(오랄) / 1987. 3. 24 ─ 김소라(동덕여상, 2학년, 키 큰 편) / 1987. 4. 1 ─ 박연숙(여중 퇴학, 뚱뚱, 암내 심함) / 1987. 7. 28 ─ 이름 모름 (대학생, 실패) ……

선균씨가 수첩을 확 뺏는다. 그는 머리끝까지 화가 난 얼굴로 왜 남의 걸 보냐며 씩씩거린다. 무슨 간첩 암호도 아니고…… 저게 뭘까? 은영이 이름도 있는 것 같던데?

오늘 일진은 완전 최악인가보다. 오늘따라 선균씨는 잔뜩 약이 오른 개처럼 짖어댄다. 화장실 변기 좀 닦아라, 접시가 이게 뭐냐, 과일 안주에 누가 손댔냐? 손님들 차별하지 말고 상냥하게 대해라……

듣다못해 내가 물수건을 집어던지며 말했다.

"제발 좀 조용히 하세요. 누가 그랬다고 난리예요? 아이고, 더러워서 내가……"

"뭐가 더러워? 뭐가 더럽냐고! 너, 너, 너 말이야! 이모가 쫌 싸고돈다고 네가 뭐나 되는 줄 아나본데 대학생이면 다야? 나이 차이가 얼만데 말끝마다 선균씨, 선균씨라고 해? 다들 오빠라고 부르는 거 안 들려……?"

말 같잖은 말을 밑도 끝도 없이 쏟아낸다. 말하다보니 제 말에 더 부아가 돋는 듯 아예 주먹을 꽉 쥐고 부들부들 떤다. 한 대 칠 기세다. 은영이는 뜯어말리고 멀찍이 선 고딩은 데면데면 보고 있다.

'너! 변태성욕자지? 우리가 다 가고 나면 한밤중에 여자를 불러들여 연애질하지? 아니! 연애가 아니라 누가 보면 백 프로 강간하는 줄 알겠더라.'

누가 듣건 말건, 만약 내가 이렇게 까발린다면 저치는 뭐라고 할까? 아니 뭔 짓을 할까? 사람은 겉보기와 완전 딴판이라는 코웃음 칠 말이, 어쩌면 맞는 말인 것 같기도 하다.

"여기 아르바이트 재밌어요? 여사장한테 듣자 하니 독문과 학생이라면서요? 지금 몇 학년이에요?"

"하하, 이제 1학년 마쳤어요. 이 일을 시작한 지 몇 달 됐더라……? 곧 그만둘 생각이고요."
 "그럼, 잘됐네. 나한테 독일어 좀 가르쳐주겠어요? 그렇잖아도 독일어가 필요해서 과외선생을 구할까, 학원에라도 등록할까 그러던 참이었는데……"
 인생역전까지는 아니어도…… 이렇게 나쁜 날에 복이 굴러들어오다니…… 칫솔 판매원은 저러다 숨이 넘어가지 않을까 싶을 정도로 웃어댄다. 자기는 칫솔 판매원이 아니라 치과 의사란다. 얼마 전 구포 쪽에 병원을 개업했는데 환자가 별로 없다고 말한다. 아무래도 박사 학위기가 든 액자라도 거는 게 좋겠다 싶어 시험을 보려고 한다나? 그 시험에 제2외국어 과목이 골치라서…… 고등학교 시절 독일어를 배운 경험이 있으니, 조금만 지도해주면 잘할 수 있다고 손을 싹싹 비빈다.
 이렇게 구구절절 설명하지 않아도, 당신한테 독일어가 얼마나 시급하든 간절하든 나는 알 바 없다. 과외 아르바이트가 여기보다 나을 테니까. 게다가 배우겠다는 학생이 콧물 눈물 찔찔 짜는 애들도 아니고 그 부모가 억지로 데려다놓고 감시하는 처지도 아니니, 얼마나 좋은가?
 줄곧 선균인가 세균인가 곰팡이인가 하는 놈이 신경 쓰인다. 계속해서 날 노려보고 있는 걸 안다. 내가 머리를 들자, 이때다 싶었나보다. 카운터에 서서 오른팔을 머리 위로 쫙 펴서 올리고 엄지와 검지를 세운 후 앞으로 힘차게 쭉 뻗는다. 그리고 방아쇠를 당기듯 검지를 꼬부린다. 맨손체조 형식의 저 신체 언어가 내게 말하고 있다.

'두고 봐라! 넌 내 손에 박살 날 거다.'

배가 아프다는 말은 거짓말이 아니다. 나 말고는 아무도 내가 얼마나 아픈지 모른다. 겉으로 멀쩡한 환자나 불구가 얼마나 많은데…… 자궁 안에 폭탄을 투하한 것처럼 배가 아프다. 아! 이 지겹고 지겨운 생리통. 내가 여자가 아니었다면……

개가 나를 구해주는구나. 카페 주인이 나나를 안고 들렀다. 나나가 열이 나고 시름시름 앓는데 어쩌면 좋겠느냐며 호들갑이다. 내가 일찍 좀 들어가서 쉬어도 되겠냐고 하니까, 사람이든 짐승이든 건강이 최고라며 흔쾌히 가보라고 한다. 이참에 아르바이트를 그만두겠다고 말하려 했지만 매독 바이러스 같은 놈이 끼어들었다. 음식 재료가 어떻고 주류 도매상이 어떻고 하며 내 말을 가로막아서 내일이나 모레 말하기로 한다.

메리 앤드 글루미 크리스마스

두루마리 휴지를 접어 팬티에 끼웠다. 하지만 피가 바지에 묻을까봐 천천히 엉거주춤 걷는다. 늦은 저녁 무렵, 이 도시를 느리게 산책하며 고뇌하는 철학자가 있었다면 그도 아마 생리중이었거나 만성변비 증세가 있지 않았을까?

모르긴 해도 지금쯤 지민 선배도 깊은 생각중이거나 생리중일 것이다. 우리가 같이 살면서, 엄밀히 말하자면 내가 기를 쓰고 빌붙어 살게 되면서 둘이 생리주기가 비슷해졌다. 알게 모르게 조금씩 나의 생리일이 앞당겨지더니 지금은 선배와 내가 하루 이틀 차이로 철철 피를 흘리며 아파하고, 한두 끗 차이의 생각으로 다툰다. 그러니까 선배와 나는 생리대를 공유하고 철학을 공유하는 셈이다. 지민 선배가 알려나 모르겠지만…… 그녀는 내가 사모하며 닮고 싶어 안달하는 유일한 인류다.
 지상의 위대하신 분들이 많이 죽어주셔서, 그래서 빨간 날이 팍팍 늘어난다면 사람들은 기분이 좋을까? 가난한 사람들은 야호, 공휴일이다, 그러면서 놀이동산으로 오렌지나무숲으로 소풍을 떠날까?
 크리스마스가 얼마 남지 않아서인지 벌써부터 징글징글한 징글벨이 울린다. 길 건너 팬시점 입구에는 반짝거리는 전구가 켜진 트리가 있고 카드를 고르는 사람들로 웅성거린다. 커다란 곰인형을 안고 쓰러질 듯 웃는 애가 있다. 저 애 친구로 보이는 애가 곰에 달린 빨간 하트를 누르자 "당신은 사랑받기 위해 태어난 사람"이라는 노래가 내 귀에도 생생하게 들린다. 귀가 빨갛게 된 애의 자전거가 버스를 피해 후진하고 나는 인파에 밀려 주저앉을 뻔했다. 조그만 포인세티아 화분이라도 살까 하던 망설임이 완전히 사라졌다. 서둘러 큰길을 벗어나 에둘러가는 길을 택한다. 학교 그룹사운드 애들이 트럭을 대고 장비를 날라놓는 걸 보니 여기서 공연을 하려나보다. 엉성한 무대 뒤편에서 기타 멘 애가 튜닝을 하다가 볼멘소리로 앰프가 어쩌니 하며 노랑머리 애를 부른다. 불우이웃돕기 자선공연이라는 플래카드가 있지만, 이 밤에 사람들 눈에 띄기라도 할까? 그럴 리 없겠지만, 지미 헨드릭스가 온다 한들 누가 지미인 줄 알겠느냐고. 이 추위에 이 후미진 공터로 관객들이 모이겠냐 말이다. 어림없지, 어림없어!

뭐든 부정적으로 생각하는 버릇을 고치라고 나는 나에게 말한다. 그런데 동시에 또다른 내가 반박한다. 왜 꼭 고쳐야 하는데? 하하하, 그럴 필요 없어. 양자택일의 순간이 가장 곤혹스럽다. 둘 중 하나를 고르라뇨? 이것밖에 없어요? 나는 도망친다. 아빠의 집도 아니고, 아빠가 찾아가라는 내 엄마의 집도 아니다. 아니, 두 군데 다. 아니다. 아무 데도 없다. 기쁘다, 구주 오셨든 말든…… 이거 봐라. 지금도 쓸데없는 생각으로 우울하고 불안하지? 횡설수설하며 불안하고 불안하니까 횡설수설하지? 난 왜 다른 이들이 기다리는 날들에 가까워질수록 더 우울할까? 나는 단순한 삶을 살려고 한다. 자아든 아이덴티티든 찾고 싶지도 않고 가능하면 생면부지로 살고 싶다. 양손으로 머리를 감싸고 뒤흔든다. 오늘 밑도 끝도 없이 일어나는 불안의 원천이 뭘까? 생각하지 말자는 생각이 꼬리를 물고 물리고…… 이 억하심정의 똬리가 풀어지려면 구불구불한 내 십이지장이 몸 밖으로 빠져나와 해부용 신체처럼 쫙 펼쳐지지 않는 한 가능할 것 같지 않다.

구불구불하고 한적한 길을 찾아 걷는다. 막다른 골목에서 두리번거린다. 평소의 걸음으로는 벌써 방에 도착했을 텐데…… 이렇게 일찍 들어가면 선배가 펄쩍 뛰며 좋아할 텐데, 카페 일을 그만둘 거라면 목을 껴안겠지. 나는 그 졸리는 느낌이 좋아서 좀더 세게 꽉 졸라줘요, 그럴 거야. 그런데 내 운동화는 멀리 멀리 둘러가는 길을 찾아간다. 원래는 하얬지만 이젠 꺼무스레한 이 운동화는 나를 다른 데로 데려간다, 내가 가려고 하는 곳을 벗어나, 가야 할 곳을 회피하고 유보하고…… 피리 소리에 홀린 쥐 떼들처럼, 발목이 부러져도 춤출 수밖에 없는 여자애의 분홍 신처럼.

골목은 조용하다. 바닥이 보이지 않는 우물처럼 깊은 어둠이 고여 있다. 맨 안쪽 집 우리 방의 음반 케이스만한 창문에도 불빛은 없다. 아직 안 왔구나. 선배는 또 어디로 갔을까? 골목 입구에서 방까지 가는데 다리가 아프다. 꾹꾹, 종아리를 주무른다. 불 꺼진 방에 들어가기 싫다. 대문 앞에 주저앉아 선배가 올 때까지 기다릴까? 하지만 손발이 꽁꽁 얼어 후들후들 저절로 몸이 떨린다.

방문을 열자, 어둡다. 어둠 속에서 폭풍이 불어온다. 어둠 속에서 내 몸은 떨린다. 어둠 속에서 내 왼손은 익숙하게 스위치를 향했으나 불 켜지 않아도 자명하다. 보이지 않던 것이 어둠 속에서 환해지고 있다. 폭풍 속에서 나는 불안하게 팔을 휘젓는다. 나는 폭풍이 부는 어둠 속에서 부들부들 팔다리를 마구마구 흔든다. 팔다리가 찢어진 빨래처럼 휘날린다. 나는 우물 속으로 뚝 떨어진다. 아니, 날아간다. 우물처럼 깊은 어둠 속에서 나는 내가 어디쯤 날아가는지 알 수 있다. 어둠 속에서 나는 빨래가 되어 날아가고 검은 봉지가 되어 날아간다. 나는 방 안 가득 쏟아진 알약으로 가루약으로 먼지로 흩어져 날아간다.

 나는 엎질러진 유리컵, 흥건한 물, 입에서 흘러나온 흰 거품이 되어 물방울처럼 날아간다. 어둠 속에서 너무나 환하다. 어둠 속에서 모든 게 투명해진다. 어둠 속에서 나는 나를 앞서 날아가는 흰 그림자를 보고 있다. 말도 안 돼, 장난치는 거지? 나는 몸이 떨려서 움직일 수가 없다. 나는 몸이 날아가서 움직일 수가 없다. 어둠 속에서 웅크린 무언가가 소리를 지른다. 폭풍이 부는 어둠 속에서 탄식인지 비명인지 절규인지 모를 찢어지는 소리가 몰려나온다.

 "선배, 죽지 마……!"

 스위치를 누른다. 형광등이 켜지기까지 몇 초, 가장 어두운 시간이 있다. 선배는 자다 몸부림친 것처럼 방바닥에 대각선으로 누워 있다. 긴 머리칼이 엉망으로 뒤엉켜 있을 뿐 평소처럼 참하고 차분하다. 흩어진 약들과 넘어져 있는 물병을 그대로 둔 채, 나도 선배 옆에 가만히 눕는다. 추운 땅 같다. 일어나 이불을 내려 선배 먼저 덮어주고 한쪽 끝을 당겨 나란히 덮는다. 팔을 뻗어 손을 잡는다. 차갑고 부드럽지 않고 너무 물어뜯어 피가 날 지경인 선배의 손, 아무리 손깍지를 하려 해도 손가락 하나하나 사이가 더 벌어지지 않아 내 손가락이 끼워지지 않는다. 선배의 몸이 플라스틱처럼 싸늘하고 딱딱하다. 공장의 소음, 철커덕철커덕 불러주던 기계의 자장가, 나는 인형처럼 예쁜 선배를 안고 자꾸자꾸 눈이 감겨 뜰 수가 없다.

2부

데스마스크

알리바이

펜듈럼

히치하이커

웨딩 케이크

마트료시카

켄타우루스 프록시마

페이스오프

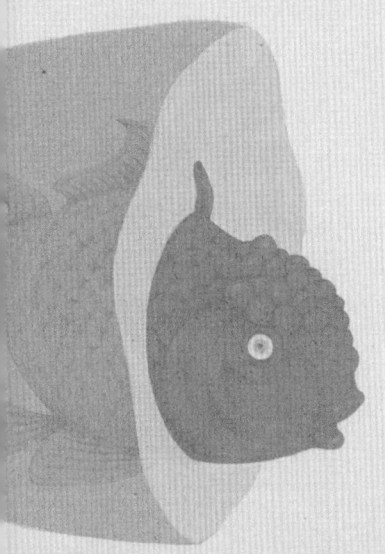

데스마스크

 새해다. 1988, 변한 것은 달력의 숫자뿐, 목 넣는 밧줄 모양의 8이 두 개다. 단두대 위에 서 있는 사람의 심정이 이러할까? 아니다, 변해버렸다. 내 시계는 죽었지만, 시간이 흐르고 모든 게 변했다. 난 데스마스크처럼 무표정하게 짐가방을 쌌고, 여기 파라다이스 꼭대기 방까지 삐걱삐걱 굴러왔다. 이후에도 변함없이 해가 뜨고 졌다. 바람이 불었다.
 "새해 복 많이 받으세요."
 이렇게 말하지 좀 마라. 어디다가 명령이야? '복 받기 바랍니다'도 아니고 '복 받으세요'라니…… 게다 복은 무슨 염병할! 모든 게 끝난 후에도, 그렇다고 생각한 후에도 새해는 오고 새날은 밝는다. 하긴 어제나 오늘이나 뭐가 다르나? 새해는 무슨 얼어 죽을……

　나는 살아 있다. 얼어 죽지도 않고 굶어 죽지도 않았다. 새엄마 말대로 난 버러지만도 못한 년, 피도 눈물도 없는 년이다. 우두커니 창가에 서 있다. 여기 서면 사거리 큰길부터 학교 정문 근처까지 훑어볼 수 있다. 설 연휴 이른 아침이라 거리는 한산하다. 색동 한복 입은 여자애가 부모의 손을 그네처럼 쥐고 공중으로 떠간다. 까르르 까르르 웃는 소리, 선물 꾸러미를 든 사람들. 난 금세 침울해져 창을 등지고 앉는다. 눅눅하고 퀴퀴한 방바닥에 관 뚜껑만한 매트리스가 깔려 있다.

　어느 일요일, 선배와 나는 창턱에 앉아 같이 과자를 먹고 있었다. 전망 좋고 높은 데로 이사할까, 월세가 비싸겠지? 청소나 하자. 둘이 허밍으로 노래 부르며 이불을 밟았다. 비누 거품 속에서 한순간 삐끗했다. 선배가 내 팔에 매달렸다. 우리는 시들시들한 제라늄을 뽑아버리고 화분을 들어 문 앞에 내놨다.

　하루는 화장실에 간 선배가 날 불러댔다. 또 휴지를 안 가져갔군, 내가 풀린 두루마리 휴지를 끌며 문을 밀고 나가자 선배는 빈 화분을 보고 있었다.

　"여울아, 이리 와, 여기 좀 봐!"

　"이게 뭐예요? 무슨 나무 새싹 같은데……"

　우린 어이가 없다는 듯 마주 보고 웃었다. 어디선가 날아온 씨앗이 만든 그 쪼그맣고 싱거운 잎사귀 세 개에 세상이 다 들어 있기라도 하다는 듯 눈부셔하며 한참을 들여다보았다.

"야! 입 다물어, 똥파리 들어가겠다."

선배는 내 턱을 툭 치고 어깨동무를 했다. 내 머리칼을 마구 헝클어대며 혼잣말인 양 중얼거렸다.

"내가 시들어 죽더라도 넌 아무 데나 풀풀 날아가 쑥쑥 클 수 있지?"

"칫, 내가 뭐 벌이야? 나비야? 똥파리야? 날아다니게."

난 휴지로 글러브를 만들어 선배를 향해 슬쩍슬쩍 펀치를 날렸다. 선배는 샌드백처럼 흔들흔들하며 웃었다.

"언제가 될지 모르지만 내 책들도 너 다 가져라."

그때 공기를 가르며 하얀 나비 한 마리 날아갔었나? 그런 일이 있긴 있었나? 자연은 시시때때로 우리가 하찮은 미물임을 자각하게 만드는 친밀감 없는 대상이다. 한 존재가 사라지건 죽건 그대로 멀뚱멀뚱 움직인다. 갑자기 집들이 무너지거나 폭풍이 휘몰아쳐 사람들이 문짝에 매달려 날아가지 않는다. 무서운 전염병이 돌지도 않는다. 모든 일이 갑작스레 조용해지지도 않는다. 나는 여전히 숨을 들이쉰다, 그리고 내쉰다. 혐오스럽게도 숨 쉬는 데스마스크.

알리바이

"산청 가는 표 한 장 주세요!"

난 며칠 만에 처음 입 밖으로 소리를 낸다. 벙어리장갑을 입으로 벗으며 동전을 센다.

"저도요."

내 뒤에 줄 서 있던 사람이 나와 눈 마주치기를 기다렸다는 듯 고개를 까닥한다.

"아까부터 여기 있었는데, 넌 아무것도 못 보는 것 같더라. 눈먼 사람처럼 보여. 그런데 산청엔 무슨 일로 가니?"

"응, 그냥······"

"거기가 네 고향 아니잖니?"

"그러는 너는?"

"나는······ 난 지민 언니한테······ 언니가 죽은 지 벌써 두 달이 다 되어가잖니······ 사십구재에도 못 가봤고······ 오늘은 꼭 가보고 싶어서······"

"그래······"

"난 산청 들렀다가 하동 우리 집에 갈 거야. 설인데 안 온다고 엄마가 서운해하셔서······ 고속도로 주유소 아르바이트는 명절이 더 바쁘더라고."

"그럼, 같이 가면 되겠네. 실은 나도 거기 가거든."

나와 이 애 사이에 침묵이 흐른다. 우리가 어떤 그룹사운드를 좋아해 먼 지방에서 열리는 콘서트에 우연히 같이 가게 되었다면, 손을 잡고 팔짝팔짝 뛰었겠지? 아니, 뛰기는 좀 어려웠겠다. 이 앤 절름발이니까······ 그래, 사람들 틈바구니에서 휘파람을 불었을 거야. 둘이서 과자 박스라도 뜯어 난삽한 피켓을 만들지도 모르지. 그렇지만 지금 이 아득한 전율은 뭔가? 나와 공감을 나누려는 측은한 아이의 시선은 뾰족한 송곳처럼 나를 찌른다.

 버스 등받이에 기대어 눈을 감는다. 덜컹거리며 버스가 출발한다. 진주를 경유해서 산청까지 가려면 2시간 50분이 소요된다고 한다. 통로 옆자리에 나보다 어려 보이는 군인이 군화를 벗고 김밥을 먹는다. 지독한 발 냄새와 음식 냄새, 그리고 대걸레 냄새 같은 것 때문에 속이 울렁거린다. 운전기사가 히터를 틀어놔서 그런지 너무 갑갑하다. 더구나 뒷자리에 앉은 부부의 대화는 차마 못 듣겠다. 보통 사람 노태우가 대통령이 되었으니 이제 살 만한 세상이 될 거란다. 남자는 김영삼과 김대중을 비난하다 못해 나라 말아먹을 놈들이라 하고, 그의 아내는 국위 선양이니 금메달이니 하며 9월에 열릴 88올림픽을 노태우가 유치한 것처럼 말하고 있다. 살인마 전두환이나 노태우나 거기서 거긴데…… 벌써 난 눈을 질끈 감는다.

 '에이씨! 왜 귀엔 눈꺼풀같이 열었다 닫았다 할 수 있는 뚜껑이 없나 몰라.'

"여울아! 너 자니?"
"응!"
"히힛…… 자면서 어떻게 대답을 하니? 그러지 말고 이 음악 들어봐."

솔이 이어폰 한쪽을 내 귀에 꽂는다. 시디플레이어에서 김현식의 노래가 흘러나온다.

"어때? 좋지?"

"모르겠는데……"

"이 사람 대마초 피워서 교도소에 있었거든. 들국화 멤버 전인권이랑 허성욱과 같이…… 열흘쯤 전에 출소해서 63빌딩에서 재기 콘서트했어."

"그래서? 솔이 너도 서울 63빌딩까지 가서 꺅꺅 소리라도 질렀니?"

"아니, 누구에게든 시련은 있고…… 재기할 수 있고……"

솔은 자신이 하고자 하는 말이 맥락에도 맞지 않고 무의미함을 아는지 어물어물 입을 다문다. 내부에 쇳덩이가 매달렸는지 내 혀도 자꾸 안으로 빨려들어가는 것 같다.

'돌아서 눈 감으면 잊을까? 정든 님 떠나가면 어이해, 발길에 부딪치는 사랑의 추억, 두 눈에 맺혀지는 눈물이여…… 사랑했어요, 그땐 몰랐지만 이 마음 다 바쳐서 당신을 사랑했어요, 이젠 알아요. 사랑이 무언지, 마음이 아프다는 걸……'

이젠 알긴 뭘 알아? 내 마음은 아프리카 오지처럼 말라붙어서 감정의 파문은 고사하고 절절한 가사도 허스키한 보이스도 하찮은 소음처럼 들린다.

"솔아! 너 지민 선배랑 같은 동아리였지?"

"아니, 블루 스타킹은 아니고…… 총여학생회 임원들 몇 명이랑 여성학 스터디했어."

"그랬니? 몰랐는데……"

"시작한 지 얼마 되지 않아 그런 일이 있었으니까…… 넌 언니가 왜 자살한 것 같니?"

"작정하고 그런 것 같진 않아. 그랬다면 최소한 유서라도 남겼을 테지…… 난 무슨 일이든 이유가 단 한 가진 건 없다고 생각해."

"그러니까 그 이유들이 뭐냐고? 같이 살았으니 넌 알 거 아니니?"

"다들 그렇게 말하는데…… 지민 선배에 관해 내가 제일 몰랐던 것 같아…… 그래서 지금부터 알아가려고 해……"

"처음에 총학생회에서는 지민 언니의 죽음과 현 정권의 문제를 연결지어 문제를 파헤쳐볼 요량도 했어. 그런데 작년 10월 대동제 전야에 학교 도서관 옥상에서 투신자살한 선배 있잖아."

"응, 그 전대협 산하 부경대련을 조직하자던……"

"그 열사는 몸에 불을 붙이고 '군부독재타도'를 부르짖으며 죽어갔어. '투쟁'이라고 쓴 혈서까지 남겼잖아."

"알아, 알아, 지금은 5·18 묘역에 있잖아. 지금 그 얘길 왜 꺼내니?"

"아, 뭐라고 말해야 하지? 다시 말해서…… 지민 언니의 자살과 그 선배의 자살 행위를 비교해보자는 의견들이 나왔거든. 아무리 학생운동을 같이했던 사람이라도 개인적 신변을 비관한 자살까지 학생운동 차원으로 증폭하고 왜곡하는 건 무리가 있다는 말이었어. 운동권 학생들을 싸잡아 욕먹인다는 발언도 있었고…… 게다가 언니는 평소에 우울증인지 공황장앤지를 앓아왔다고…… 매일 약을 한 움큼씩 먹었다고 하잖아."

"누가 그따위 소릴 해?"

"그 있잖니? 향숙이 언니…… 코에 점 있는 작고 예쁘장한…… 그 코맹맹이 언니가 지민 언니와 제일 친했다지, 아마."

"아니야, 아니야, 아니라고! 시끄러우니까 그만해!"

"화내지 마, 여울아! 이건 비밀인데…… 지민 언니가 죽기 며칠 전, 약국에서 수면제는 왜 한 알씩밖에 안 파는지, 세상에 아기 지우는 그런 약도 있는지 물어봤어. 왜 그랬을까? 임신했을 리는 없는데…… 뭔가 석연찮아. 난 오늘 언니네 부모님도 만나보고, 궁금한 거 몇 가지 물어볼 거야. 왜 그리 급하게 시신을 수습했는지, 왜 경찰에 신고하거나 그러지 않았는지……"

엉터리 비밀수사 요원이라도 된 듯 솔은 계속 떠벌린다. 어떻게 보면 신이 난 듯도 하다. 약학대 장학생으로 입학한 애고 데모 대열에서 만났던 친구이다. 머리만 좋고 느려터진 애, 일어나, 밟혀 죽고 싶어? 난 넘어진 앨 붙잡고 도망치다가 하마터면 전경의 몽둥이에 맞아 죽을 뻔했다.

"솔, 솔솔, 제발 좀 조용히 해라. 다른 사람 다 듣잖니!"

사람들은 드러난 알리바이만 가지고, 아니, 어떻게 죽었느냐를 가지고 그가 어떻게 살았는지를 알아내려는 어리석은 동물이다. 나 또한 마찬가지…… 세상에서 아무 목적이 없는 행위는 죽음밖에 없는 게 아닐까?

다시 졸린다. 시커먼 구름처럼 잠이 몰려온다. 누구는 기면증이 분명한 것 같으니 병원에 가서 검사해보라고 하지만, 난 기절하듯 잠이 드는 이 순간을 탐닉한다. 이것이 질환이라도 좋다. 죽음과 같은 이 수면이 없다면, 단언컨대 난 이미 죽었을 것이다. 난 어머니가 나를 버리고 떠난 오후에도 그네를 타다 내려와 그대로 잔디밭에서 잠들었고, 동생의 사망 소식을 들었을 때도 쓰러져 잠들었다.

선배와 나는 해변에 있다. 우리는 모래로 요새를 만들고 있다. 하지만 파도가 자꾸 덮친다. 지민 선배가 쿡쿡 웃는다. 우리의 살결은 발그스레한 핑크색이다. 분홍색 돼지들 같아. 꿀꿀꿀, 선배가 날 가리키며 웃는다. 우리는 발가벗고 있지만 하나도 부끄럽지 않다. 단지 햇살이 따가울 뿐이다. 여울아, 난 여름이 제일 좋아. 햇빛 알레르기만 없다면 말이야. 선배의 등이 발갛게 부푼다. 아아, 가려워. 배가 풍선처럼 점점 팽창한다. 터지기 전에 그늘로 숨어요. 난 소리를 지르지만 입만 뻥긋거린다. 어서, 어서요, 입 모양으로 말한다. 그러나 숲도 그늘도 손바닥만한 차양도 없다. 광활한 모래사장만 펼쳐져 있다. 나는 침대 모양으로 구덩이를 파고 선배에게 누우라는 시늉을 한다. 선배는 쿡쿡쿡 웃으며 반듯하게 드러눕는다. 이제 모래를 끌어모아 덮으면 된다. 그렇게만 하면 햇빛이 선배를 빵빵하게 부풀려 터뜨리지 못할 테 니까. 나는 손바닥을 펼쳐 모래를 푼다. 왜 자꾸 흘러내리지? 손바닥에 모래 알갱이가 하나도 담기지 않는다. 난 조급하다. 선배의 몸엔 붉은 반점이 가득하고 자꾸 긁으니까 진물이 흐른다. 배에 괴물이 든 것처럼 부풀어오른다. 위급하다. 나는 손가락으로 내 손바닥을 찌른다. 손바닥에 구멍이 뚫린다. 손가락으로 뺨을 찔러본다. 손가락은 뺨을 뚫고 뒤통수를 만진다. 나는 지민 선배를 부르며 뛰어가는데 발이 모래 안에서 빠지지 않는다.

"여울아! 괜찮니? 무슨 잠꼬대를 그렇게 하니? 이 땀 좀 봐……"
"여기가 어디야?"
"다 왔으니까 정신 차려. 너, 일어설 수 있지?"

펜듈럼

산청 시외버스 터미널도 사람들로 붐빈다. 정부에선 설날을 '민속의 날'로 칭하며 신정 쇠기를 권하고 있지만 국민들은 여전히 음력 1월 1일에 국민 대이동을 불사하는 것 같다. 연휴 마지막 날이라 직장으로, 객지로 돌아가려고 모여든 사람들, 칭얼거리는 아이들, 쿨럭쿨럭 기침이 멈추지 않는 청년, 그 자식들과 자식들의 자식들을 배웅하러 나온 노인들, 머리에 이고 온 짐 꾸러미를 건네주는 아주머니, 연신 줄담배를 피우는 할아버지, 가래침을 뱉는 아저씨…… 솔과 나는 북적거리는 대합실을 빠져나와 강으로 간다. 금방 비가 쏟아질 것 같은 하늘이다.

"언니 뼈를 뿌린 데가 경호강 맞지?"

"그래! 너도 그날 함께 갔었잖아."

"우선 언니 부모님을 뵈러 갈까? 너, 그 집 아니?"

"그건 안 돼!"

"왜?"

"아무튼 안 돼."

"난 만나 뵙고 여쭤볼 것도 있는데……"

"생각해봐라, 우리가 불쑥 찾아가면 반가워하시겠니? 아마 맘이 언짢고 불편하실 거야. 그분들을 그냥 내버려둬. 들쑤시지 말고."

"넌 가끔 아무 생각 없는 애 같기도 하고 어떤 땐 생각이 너무 많은 것 같아…… 도무지 종잡을 수 없다니까…… 저쪽으로 걸어가서 다리 하나만 건너면 되지? 비든 눈이든 올 기세니까 빨리 가자."

큰 가방을 흔들고 검은 외투를 펄럭거리며 앞장서서 걷는 솔이, 절룩절룩 춤추듯 걸어간다. 왼발을 짚을 때마다 몸이, 지구 전체가 기우뚱한다. 솔이 뒤를 따라가며 저 애가 곧 빙판 위로 넘어져 울음을 터뜨리게 되지 않을까 걱정스럽다.

내가 솔을 처음 만난 건 작년 5월이었다. 학교 소극장에서 몇몇 선배가 독립영화 형식으로 재현한 5·18광주민주화운동 다큐멘터리를 본 후 〈임을 위한 행진곡〉을 따라 부르던 시간이었다. "사랑도 명예도 이름도 남김없이 한평생 나가자던 뜨거운 맹세……" 마이크를 든 선배가 선창을 하면 신입생들이 한 구절씩 따라 부르고 있었다. 오른팔을 절도 있게 흔들며.

"자, 여러분! 이제 잘 부를 수 있겠죠? 누가 나와서 불러볼까요?"

혹시 지목당할까봐 대부분의 신입생들은 목을 움츠리거나 머리를 푹 숙였다. 일시에 극장 안이 고요해졌다. 그때 "저요!" 하는 소리가 들렸다.

"제가 한번 불러보겠습니다."

바로 내 옆자리에서 나는 소리였다. 난 천천히 고개를 돌려 팔을 들고 있는 애의 얼굴을 봤다. 뭐야? 중학생 아니야? 어려 보이는 얼굴에 천진한 미소, 노란색 셔츠 끝단을 접어올린 팔목은 끊어질 듯 가냘팠다. 난 그 애가 새처럼 파닥거리며 일어나 희한한 몸짓으로 계단을 내려가 다시 절룩절룩 무대 계단을 오르는 길고 긴 과정을 지켜보았다. 극장 안이 조금 술렁거리는 것 같았다. 난 마음에 일어나는 이상한 동요가 잠잠해지지 않아 슬그머니 뒷문으로 빠져나왔다. 문밖으로 여리고 맑은, 그러면서도 비장한 느낌을 주는 목소리가 흘러나왔다.

"여기다."

솔은 펜듈럼을 든 주술사처럼 강변의 한 지점에서 멈춘다. 차가운 모래사장에 신문지를 깔고 네 귀퉁이를 돌멩이로 누른다.

"안 되겠다. 바람이 왜 이리 부는지…… 뭐해? 이리 와서 여기 좀 잡아."

한 아저씨가 다리 위에 자전거를 세우고 우리를 바라보고 있다. 난 귀가 떨어져나갈 것처럼 아프다. 비도 아니고 눈도 아닌, 진눈깨비가 흩뿌린다. 난 머리를 젖히고 웨하스 같은 눈을 받아먹는다. 웨하스는 강에 닿아 강물이 된다. 나는 왜가리처럼 서서 유심히 강을 바라본다. 왜가리는 강물이 아름다워서 보는 게 아닐 거다.

"벌써 다 떠내려갔을 거야. 꼭 여기가 아니라도 괜찮잖아."

"기억 안 나? 네가 바로 여기 서서 뼛가루 뿌렸잖아. 저기 정면으로 소나무숲이 보이고…… 다리에서 이만큼 떨어져 있었어."

"모래벌판이라 비슷해 보이는 거야. 그리고 소나무는 여기저기 빼곡하고……"

나는 절을 하고 싶지는 않다. 솔은 신문지 위에 과일과 카스텔라, 소주, 종이컵 등을 늘어놓고는 인사를 하자는 거다. 가방에서 부스럭부스럭 향과 라이터까지 꺼낸다.

"저 뒤 강둑에 대추나무 보이지? 백일홍나무들 사이에 딱 한 그루. 여기가 맞아. 우리 집이 과수원을 한 적 있어서 나무들을 좀 알아. 같은 종 나무라도 다 다르거든."

"잘난 척하기는……"

"넌 여기 끌려온 것처럼 왜 그러니? 게다가 뭘 하든 의심이 많지."

나한테 의심이 많다고 하는 사람은 없었다. 난 사람을 너무 잘 믿어서 탈이라면 탈이지.

"아니야. 솔이 네가 너무하잖니. 무슨 제사를 지내려는 것처럼 준비를 다 해왔잖아. 난 그런 거 안 믿고 의식 절차도 싫어해. 단지 선배 고향에 와서 강물을 만져보고 싶었던 거야. 선배가 어렸을 때 멱을 감고 물고기도 잡았다는 곳에서."

"또한 언니의 뼈를 뿌린 곳이기도 하지. 여울이, 너! 뼛가루 뿌리기 전에 한 줌 집어먹었지? 난 네가 남몰래 먹는 거 다 봤어. 입술에도 허옇게 묻었더라…… 그렇게 하면 네 몸속에서 언니가 영원히 살 줄 알았니?"

솔은 몹시 추운지 몸을 달달 떤다. 입술이 새파랗다. 진눈깨비에 젖은 머리칼은 작은 얼굴을 다 덮고 있다. 난 솔이 시키는 대로 강물 쪽으로 절을 두 번 한다. 턱이 덜덜거린다. 어디서 우지끈 나무 부러지는 소리 같은 게 들린다. 솔은 마치 주문인지 축문인지를 외듯 뭐라고 중얼거린다.

"난 집에 갈 건데, 넌 어쩔래?"

추워 죽겠다는 표정으로 솔은 나에게 묻는다.

"내가 말했지? 선배네 가지 말라고!"

"얜…… 누가 거기 간대? 난 우리 집에 갈 거라고. 하동 말이야. 방학이니까 부모님과 있다가 이달 말에 기숙사 들어갈 거야."

우리가 강둑을 지나갈 때에 난 뒤를 돌아본다. 솔은 죽은 것처럼 보이는 나무 그루터기를 툭 차며 말한다.

"이게 대추나문데 봄이 되어도 싹이 안 나와. 너무 의심이 많은 나무라서 다른 나무들 새싹이 다 돋고 꽃 피고 그러면 그제야 슬며시 새싹을 밀어내지."

"나 들으라고 하는 소리니? 됐고, 불이나 줘!"

담배를 피워 물고 나는 팔목에 찬 시계를 본다. 지민 선배가 준 죽은 시계다. 내 시계는 죽었어도 시간은 간다. 제기랄, 염병.

"여울아! 부탁인데…… 우리 집에 가서는 담배 피우지 마."

"무슨 소리야? 내가 언제 너희 집에 간댔어?"

"아니, 그러니까 내 말은…… 같이 가자는 거지. 어차피 넌 춥고 배고프고 졸리고 갈 데도 없잖아? 완전 거지잖니. 히히…… 나랑 같이 하동 가자. 응?"

솔은 내게 몸을 바싹 기대며 어깨를 걸려고 한다. 하지만 앤 웬만한 중학생보다 작아 폴짝폴짝 뛰기만 한다. 난 팔을 들어 머뭇거리다 솔의 어깨를 감싸고 걷는다. 첫 걸음마처럼 기우뚱하게.

한 무리의 아이들이 뛰어가며 연을 날린다. 자전거를 탄 아저씨가 우리를 흘깃 보며 지나간다. 아까 다리 위에 서서 우리를 지켜보던 사람이다. 팔뚝에 붉은색 완장, 산불 조심. 지민 선배의 부모는 논농사 소작을 하고 농한기엔 지리산 산불 감시원으로 일한다고 했다. 지민 선배의 아버지와 난 눈빛을 나누었지만 장례식 때처럼 아무 말도 하지 않는다. 서울로 시집간 큰딸이 목을 매고 죽은 지 2년 뒤, 막내딸까지 부산 자취방에서 시체로 발견되었으니 전국 방방곡곡 어디건 마음 붙일 데 없을 것이다. 저 마음의 펜듈럼은 한군데 정지하지 못하고 빙글빙글 돌아가는 걸까? 아저씨는 저렇게 낡은 자전거 페달을 밟고 깊고 컴컴한 산속으로 들어가 다시는 나오지 않을 것만 같다.

히치하이커

차가운 바람 속을 걸어간다. 먼지가 날리는 좁은 찻길이다. 수백 년은 살았음 직한 고목들이 길을 따라 서 있다. 난 풀썩 주저앉아 울고 싶은 심정이다. 말없이 걷던 솔이 손을 들어 흔든다. 빵빵, 지나는 차가 경적을 울린다. 우리를 무임승차시켜줄 턱이 없지. 쟤, 왜 저래? 아랑곳하지 않고 솔은 손을 나풀나풀 흔든다.
"엄마!"
솔이 펄쩍펄쩍 뛰어 길을 건넌다. 심연에서 튀어오른 물고기 같다. 신발을 펄썩이며 뛰어가서는 뒷모습을 보이고 있는 웬 여자의 등을 끌어안는다. 백 허그, 나도 해보고 싶다.
"웬일이니? 다음주에나 온다던 년이……"

반가워하는 건지 윽박지르는 건지 저 애의 엄마는 건성으로 몇 마디하고는 봉지에 사과를 담아 승용차 창문으로 밀어넣는다.

"안 됩니다. 진짜 싸게 파는 거니까 백 원도 못 깎아요."

그러면 안 사겠다고 했는지 차는 슬슬 움직인다.

"아, 예예…… 그럼 4천5백 원만 주세요."

쌩하니 차가 지나가자 솔이 엄마는 혀를 끌끌 찬다.

"이거 팔아 얼마 남는다고…… 도시 사람들은 정말 야박하다니까."

전대에 돈을 집어넣으며 어제 본 딸에게 하듯 솔이에게 이것저것 시킨다. 솔은 배 상자에서 썩은 배를 골라내더니 평상 아래 큰 바가지에 모아둔다. 그리고 방금 팔아 비어 있는 고무 대야에 사과를 쌓아놓는다. 옷의 먼지를 툭툭 턴다.

"엄마, 친구랑 같이 왔어. 며칠 자고 갈 거야."

솔의 엄마는 대꾸도 않고 밥은 먹었냐고 물어본다.

"아까 전에 먹었어. 거기 있잖아. 터미널 옆에 노점 할머니…… 쭈그려 앉아서 재첩국 한 그릇씩 뚝딱 비웠지."

"그래, 그 할멈 거만 진국이야. 다른 번듯한 가게는 죄다 국에 물을 타든가 아예 중국산을 들여놓고 하동 재첩이라고 속여 팔거든."

그리고 새해 벽두부터 다저녁때 물에 빠진 생쥐 꼴로 찾아온 나에게 사과 한 개를 팔소매에 쓱쓱 문질러 내미신다. 나는 빨갛게 윤이 나는 사과를 한입 크게 깨문다. 아, 향긋하고 달콤해.

과일 장사도 쉽지 않구나. 우리는 국도변에서 나무 선반 위에 사과와 배를 쌓아두고 팔고 있다. 손을 호호 불며 빨간 뺨을 문지르며. 다행히 지나가던 차가 멈춘다. 손님들은 차에서 내려 가격을 물어보며 이것저것 만지고 냄새 맡다가 그냥 가기 일쑤다. 과일 바구니를 들고 도로 위에 서 있고 싶어진다. 아예 중앙선에 드러누울까? 날은 어두워지고 과일은 팔리지 않기 때문에 우리는 헤드라이트를 비추며 다가오는 차를 향해 손을 흔들고 있다.

"설 제사 지내고 고기며 과일이며 배 터지게 먹어, 사갈 놈 없나보다. 그만 들어가자."

녹차밭을 지나 올라간 언덕배기 집, 작은 마당엔 산수유가 노란 알약처럼 흐드러지게 피어 있다. 그 옆에는 막대기에 매인 커다란 바람개비가 빙빙 돌아간다.

"아빠! 솔이 왔어요. 솔이 왔다고요."

마루에 가방을 내팽개치며 솔은 소리를 지른다. 방문을 열고 옆방 문도 열어젖힌다.

"네 아버지 염하러 갔다. 한밤중이나 돼야 올 게다."

"또 누가 죽었어?"

"날씨가 풀리니 동네 줄초상이다. 설 전날 학규 외삼촌 죽었지, 어제까지 정정하게 돌아다니던 이장 어른이 급사했다고, 쯧쯧, 네 아버지 자다가 새벽에 거기 불려갔지 뭐냐……"

"아빠한테 염 같은 거 그만하라고 해. 장의사네 최씨 아저씨가 하면 되잖아. 아빠가 자꾸 그러니까 동네 사람들이 멀쩡한 내 이름 놔두고 만날 염장이네 딸, 염장이 박씨네 외동딸, 이렇게 부르잖아."

"그러지 마라. 네 아비 죽으면 이 동네 염할 사람 없으니 저승 못 간 귀신들로 난리도 아닐 거다."

식혜 먹던 숟가락을 쥔 채 솔이 어머니가 주무신다. 밥알이 입술에 붙어 있다. 얼마나 피곤했으면…… 우린 마주 보고 살그머니 나온다. 툇마루에서 내려다보이는 강은 까맣고 커다란 눈동자처럼 글썽거린다. 난 평생 볼 강물을 오늘 한꺼번에 다 보는 것 같다. 톱날로 날카롭게 자른 알루미늄 같은 달이 구름 속을 들락거린다. 나는 왜 여기 있나? 난 어디서 와서 어디로 흘러가나……? 거창한 질문들이 밀려온다. 아, 재수 없어. 아까 떡 씹을 때 사랑니 통증이 도져서 두통까지 오는 거라 여겼지만, 몸도 말이 아니고 열도 장난 아니다. 머리에 냄비 얹으면 라면이라도 끓이겠다.

"춥다. 들어가자."

건넌방은 냉골이다.

"솔아, 내 이마 좀 짚어봐."

난 자가진단을 못 믿고 이불장을 열려는 솔의 손을 당긴다.

"엇, 뜨거! 너 언제부터 이런 거니?"

"몰라, 왜 이러지? 아까 비도 조금밖에 안 맞았는데……"

"너, 요즘 잠도 푹 못 자지? 챙겨먹지도 않지? 거울 좀 봐라, 머리는 언제 감고 안 감았니? 웩, 냄새 장난 아니다. 실핏줄 터져서 눈은 시뻘겋고 볼도 쑥 꺼졌잖니. 쯧쯧, 다크서클 봐라, 너도 언니 따라가려는 셈이야? 한두 달 만에 너 완전 딴사람 된 거 알아? 몸짓도 말투도 어른스러워지고…… 폭삭 늙었다, 늙었어."

솔은 밖으로 나가더니 전기장판을 들고 온다. 방금까지 사용한 건지 장판은 체온처럼 따뜻하다. 솔이 온도조절장치를 돌려 최고 숫자에 맞추자마자 난 기다렸다는 듯이 드러눕는다. 베개에 머리를 파묻는다.

"일어나, 얼른! 거꾸로 누워! 산 사람은 북쪽으로 머리 두는 거 아니래."

솔은 베개를 뺏어들고 내 뒤통수를 후려친다. 내가 엉덩이로 반 바퀴 도는 사이, 앤 턱을 괴고 엎드려 조잘거린다. 헐렁한 티셔츠가 늘어져 쇄골과 작고 뽀얀 가슴이 훤히 보인다. 머릿속이 하얘진다. 어지럽다. 첫 울음소리가 하도 우렁차서 아들인 줄 알고 아빠도 할아버지도 덩실덩실했었다는 얘기부터 읍내 학교서 공부도 달리기도 잘했었다는 자기 자랑도 빼놓지 않고, 몇 날 며칠 옷장 안에 처박혀 안 나온 얘기까지. 난 입이 바싹바싹 타는데다 기운도 하나 없다.

'입 다물고 자면 좋겠는데……'

솔은 잠이 안 오나보다. 수학여행 온 애처럼 들떠서 불을 꺼도 떠든다. 내 마음은 뒤흔들린 김밥 도시락인 걸 모르나보다. 여덟아홉 해 전, 자신이 6학년이던 봄, 과수원이란 과수원에 다

흑성병이 돌아 배가 모조리 꼭지부터 새까매져서 마을 사람들이 한숨만 쉬었다고 한다. 솔이네 손바닥만한 농장이 유독 심했는데, 지역방송국 기자들이 카메라를 들고 와 취재하고 간 날이었다고 한다. 벚꽃 구경 온 사람들이 타고 온 관광버스 뒤 그늘에 앉아 혼자 공기놀이를 하고 있다가 후진하는 버스 바퀴에 깔렸다고…… 그때 자칫 잘못됐으면 도로에서 짓뭉개진 고양이 시체처럼 떡이 될 뻔했는데, 운이 좋아 지금 이 정도로 다리만 전다고……

나는 못 들은 체, 잠든 체 뒤척이며 어둠 속에서 친구의 얼굴을 훔쳐본다.

'눈물도 없이 무덤덤하게 이런 말을 할 수 있으려면 얼마나 괴로워야 했을까? 얼마나 오래 옷장 속에 구겨져 경악하며 자신을 들여다보았어야 했나?'

베개가 축축해져서 열이 좀 내리는 것도 같다. 팔을 뻗어 친구를 안아주고 싶지만 다 들은 게 들통날까봐, 아니, 안아버리면 못 놓을 것 같아…… 참는다. 대신 나는 나를 껴안는다.

얼마쯤 잤을까? 이 따뜻한 훈기는 뭘까? 그렇게 몸이 떨렸는데, 문풍지 새로 들어오는 찬바람의 손이 이불 밑에서 살갗을 벗기는 것 같았는데…… 내 심장의 불로 이 방이 홀랑 불타나? 아! 무슨 냄새지? 누가 나에게 뜨거운 열기를 뿜어주나?

"불이야, 불, 불! 일어나, 어서 일어나라니까!

이불에 불이다. 불은 막 붙은 듯 발꿈치로 눌렀을 이불 끝자

락에서 귀신의 혀처럼 날름거린다. 누가 먼저랄 것도 없이 베개로 이불로 눌러 불을 끈다. 장난처럼 쉽게 꺼진다. 누전됐나? 전기담요 끝 부분이 새까맣고 동그랗게 눌어붙어 있다.

"휴우! 살았다."

우리는 서로를 때리며 웃는다.

웨딩 케이크

'나와 결혼해줄래요?'

노란 종이 스티커가 방문에 붙어 있다. 그 아래엔 장미꽃바구니.

어이가 없다. 피식 웃음이 나온다.

옛날에 이 방에 살던 여자의 애인이거나 어떤 정신 나간 놈이 방을 잘못 알고 갖다놓았나보다. 발로 꽃바구니를 쓰윽 민다. 위아랫니를 달각거리며 문손잡이 구멍에 열쇠를 꽂는데 맞은편 방문이 열린다. 머리에 새 둥지를 지은 남자가 흠칫하고 문을 도로 닫는다.

난 여기 어떤 사람들이 살고 있는지 알지 못한다. 대략 네다섯 명쯤 될 거다. 여남은 개의 더러운 신발들이 밟고 밟히고 있는 현관 앞이 선균의 방이다. 그 옆에 공동 화장실 겸 욕실, 그리고 좁디좁은 방 네 개가 통로 양쪽으로 두 개씩 붙어 있다.

나나의 엄마는 밖에 나가 건물 입구에 붙여놓은 '잠만 자는 방 있음'이란 종이를 떼버리라고 했다.
"은영이가 울며불며 네 얘길 하더라. 그래서 지금 집에 들어가려고? 집에 가도 다시 나오게 될걸? 그러니까 여울아! 이런저런 일 다 잊어버리고 오늘부터 저 위에서 지내도록 해. 나만 믿어, 월세 걱정은 말고……"
대신 카페에 일찍 나와 청소도 하고 선균을 따라다니며 장 보는 일도 도우라는 말을 덧붙였다.
그러니까 내가 이죽거리는 선균의 뒤를 따라 꾸역꾸역 카페 건물 4층으로 올라온 지 벌써 한 달이 훨씬 넘은 거다. 용달차를 타고 온 험상궂은 사람들이 빨간 면장갑을 나눠 끼고 책이며 옷가지며 숟가락 하나까지 몽땅 쓸어담아 간 날이 선배 장례를 치르고 돌아온 날이었으니까. 그때 난 방구석에 고물상 철근처럼 뻐드러져 있었다.
나는 뻣뻣이 쓰러지듯 눕는다. 매트리스 위에. 이 방에 살던 여자가 그대로 두고 간 것은 코핀지 생리혈인지 아님 둘 다 아닐지 모를 핏물이 군데군데 묻어 있는 이 매트리스와 줄. 이쪽 벽에서 저쪽 벽까지 한 폭쯤 되는 길이의 뻘건 빨랫줄이다. 누가 들어왔을 리는 없을 텐데? 분명히 팬티와 양말, 수건을 빨아 널어놨는데…… 팬티 두 장이 사라졌다. 뭐, 요즘 들어 내 기억은 전혀 믿을 게 못 되니까…… 끼고 나간 장갑도 오다보니 없었잖아? 아마 강가나 버스 안, 아니면 솔이네 방에 두고 온 것 같은데…… 생생하게 낱낱이 명백하게 기억할 수 있는 게 하나도 없구나. 언제부턴가 내 머리통엔 기억하기를 거부하는 이상한 장치가 삽입된 것 같다. 모든 일이 어제 일 같기도 하고 기원 전 남의 일 같기도 하다. 이러다간 내 이름과 나이, 성별까지 깡그리 잊어버려서 세수하고 거울을 보다가 '근데 당신은 누구세요?'라고 묻겠지? 그렇게 된다면…… 나쁘지 않을 것 같다.

춥다. 방 안이 더 추운 것 같다. 담배가 어디 있지? 아 참, 솔이가 내 주머니를 뒤져 압수해갔지. 지금쯤 그 친구는 자기 부모에게 혼나고 있을 거다. '기껏 재워줬더니 인사도 없이 내빼는 그런 싸가지 없는 애를 뭐하러 데려왔느냐? 정초부터 재수 없으려니까 전기장판도 태워먹지 않았느냐……' 내 귀에도 쟁쟁 들리는 듯하다. 이불을 뒤집어쓰고 귀를 막아도 잠이 안 온다. 꼬르륵, 아아, 제발! 꼬륵 꼬르륵, 뱃속에서 나를 비난하며 요구하는 밥버러지들이 더 무섭다.

'도저히 못 참겠다. 주방에 내려가서 라면이라도 끓여먹든가 해야지……'

"와와, 여울아! 너 언제 왔어?"

손뼉까지 치며 카페 주인 여자가 반색을 한다. 명절이라 며칠 쉬었지만 오늘부터 카페 문을 여는 것이다. 그래도 이렇게 일찍 웬일이람…… 어제 떡국 끓여서 가져갔더니 없더라는 둥 어디 갔다 왔냐는 둥 물어보고는 듣지도 않을 말을 저렇게 떠벌린다.

분홍 신을 신은 소녀마냥 나풀나풀 춤을 춘다. 빙그르르 돈다.

"이 옷 어떠니? 피로연 때 입을 건데……"

보라색 원피스는 목이 푹 파였고 어깨에서 가슴까지 모피 장식이 붙어 있다.

"음…… 몸에 너무 딱 붙긴 하지만…… 제가 뭐라 해도 아줌마 맘에 들면 입을 거잖아요."

"앤 거짓말을 못 하는 게 흠이야. 얼마나 비싼 건데, 예쁘다고 하면 입이 비뚤어지니? 그리고 아줌마, 아줌마가 뭐니? 언니라고 부르랬잖아, 언니! 자, 언니라고 한번 불러봐!"

"곧 죽어도 언니라고 안 할걸? 저건 만날 제멋대로 불러. 나한테도 선균씨, 선균씨 하잖아. 아님 호칭을 싹 뭉개거나 며칠씩 말도 안 붙여."

어디서 나타났는지 선균이 말을 거든다. 뭐야? 윤이 나는 검정색 양복, 화려한 꽃무늬 넥타이와 행커치프까지…… 제법 잘 어울린다. 선균이 추리닝이나 티셔츠 차림이 아닌 건 처음 본다.

"그러니까 여울아, 호칭 좀 정리하자. 이제부터 선균이한테는 오빠라고 하고, 나한텐 언니라고 불러! 얼마나 듣기 좋니? 언니, 언니, 친근감도 있고…… 게다가 내일모레 결혼식장에 와서도 아줌마라고 부르면 듣는 사람들이 깜짝 놀랄 거 아니니?"

"그럼, 사장님이라고 할게요."

"아무튼 앤 융통성이 없어! 맘대로 해라. 네가 아줌마나 사장님이라고 한 번만 더 부르면 난 가만 안 있을 테니…… 그리고

너도 이참에 옷 한 벌 사 입자. 쟤도 한 벌 빼입혔더니 저리 말
쑥하니 귀공자 같잖니……"

카페 주인 눈엔 내가 정말 만만한가보다. 자기 건물에 투숙한
뒤로 나나에게 하듯 나를 다루려 한다. 이것 먹어라, 이거 입어
봐라, 자기가 깨물던 과자를 주기도 하고 가죽 재킷과 속이 비
치는 블라우스를 주기도 했다. 품이 맞지 않았을 뿐 아니라 찜
찜해서 주방 선반에 넣어뒀더니 은영이가 좋다며 입고 다닌다.
그런데 이젠 언니라고 부르기를 강요하다니……

난 내 입으로 내 식대로 부를 권리가 있다고 생각한다. 가령
여자애들이 지민 선배를 '언니'라고 불렀지만 나는 '선배'라고
했다. 별 이유는 없다. 그게 편했다. 새엄마는 나에게 '엄마'라고
부르면 옷장 위의 베개를 꺼내주겠다고 했지만, 나는 그렇게 부
르지 않고 '여기요, 저기요' 혹은 '있잖아요'라고 불러서 볼따구
니를 셀 수 없이 맞았다. 그 베개는 엄마 냄새가 나는 소중한 물
건이었고 내가 하도 만지작거려 찢어지고 해져서 먼지도 풀풀
났다. 하지만 난 잠들 때마다 그 베개가 없으면 잠들기 어려웠
고 자더라도 자꾸 깼으며 자주 가위눌렸다. 그래서 큰집에 제사
지내러 갈 때도 큰 종이가방에 넣어가곤 했다. 끔찍하고 잔인하
게도 계모는 내가 보는 앞에서 그것을 불태웠다. 그렇다고 해서
그녀가 동화에 나오는 계모나 마귀들과 똑같다는 말은 아니다.
세상의 모든 친엄마들이 교과서에 나오듯 따뜻한 쌀밥을 해두고
일편단심 자식을 기다리지는 않듯이 말이다.

"여울아! 여울아! 애가 또 어디 처박혀 있니……?"

내가 분을 삭이며 찬밥을 찬물에 말아먹고 있는데, 몇 술 뜨기도 전에 자꾸만 불러댄다.

"여울아! 밑에 내려가서 케이크 좀 확인하고 와라. 삼 단으로 잘 만들고 있는지, 제일 위에는 화이트 초콜릿으로 천사를, 장미꽃 장식은 촌스러울 것 같아서 바꿨거든, 그거 체크해라. 또 시간 맞춰 배달해야 한다고 한 번 더 말해라, 그날 일요일이라 해운대 가는 길, 엄청 밀릴 거니까……"

나는 느릿느릿 계단을 내려와 빵집 문을 몸으로 민다. 내가 대학에 입학했을 즈음, 난 여기에 와서 책을 구경했다. 그때까지만 해도 이곳은 서점이었다. 두꺼운 안경을 쓴 젊은 주인이 내가 찾던 마이클 잭슨 브로마이드를 친절하게 보여주었고 녹두나 돌베개, 까치 등에서 출간된 사회과학 서적을 권하기도 했다. 사지 않아도 괜찮으니 여기서 깨끗하게 보면 된다고 했다. 내가 뭣도 모르고 미학 과목을 수강하면서 큰맘 먹고 샀지만 별 참고도 하지 않았던 『미학사전』을 산 곳도 여기였다. 하지만 어느샌가 '새날 서점'은 '뉴욕 제과점'으로 바뀌었다. 학교 앞 대다수 건물들이 그러하듯 여기도 먹고 노는 가게들로 채워졌다. 아니, 4층은 자는 데니까 빼고. 1층은 빵집, 2층은 카페, 3층은 당구장…… 카페 간판이 제일 크게 돌출되어 있다. '인스턴트 파라다이스'. 밤엔 천박할 정도로 화려하게 번쩍거린다. 건물 소유자의 불빛이 세 든 가게의 불빛을 잠식하고 있다. 이게 당연한 일일까?

마트료시카

"혹시 돈 보고 결혼한 것 아닐까요?"
"설마?"
"그분이 주인 아줌마보다 네 살 연하라고 했죠? 잘생긴데다 총각이잖아요, 아줌마는 두번짼가 세번째 결혼하는 건데……"
"사랑하니까 결혼했겠죠. 남녀 간의 일은 아무도 모르거든요."
"그래도 그렇죠. 아저씨가 그 아저씨를 여기 데려와 둘이 소개해준 지 얼마나 됐다고…… 너무 속전속결 아니에요?"
 칫솔 판매원, 아니, 치과 의사 아저씨는 비뚜름하게 앉아 내 눈을 빤히 쳐다본다. 흰자위에 비해 작은 동공의 눈, 왜가리가 물고기 낚아채기를 기다리는 것처럼 집중하는 저 표정…… 갑자기 난 무안하고 불쾌해진다. 나나가 뜯어먹다 남긴 생선 대가리처럼 머리를 푹 떨어뜨린다. 갑작스러운 침묵과 함께 크게 들려오는 음악 소리.
"맘에 들었나봐요, 레너드 코헨. 이렇게 틀어놓은 걸 보니……"
 지금 돌아가는 이 음반은 선물로 받은 거다. 카페 주인의 결혼식이 있던 날 저녁 무렵, 지금 앞에 앉은 이 사람이 불쑥 내민 거다. 그날 모두 호텔 예식장에 가고 나와 나나만 카페에 있었다. 특별히 영업을 쉬기로 한 날이었다. 난 최근 커피 맛을 알게 되어 이탈리아 바리스타에 관한 책을 읽고 있었다. 커피 기계를 사서 에스프레소나 카푸치노 등을 만들어 팔자고 몇 번이나 말했지만 주인은 그 기계는 너무 비싸서 안 된다고 했다. 하긴 턴테이블 바늘이 닳고 망가져서 음악을 들을 수 없는데도 내일 내일 하며 안 사주니…… 자기 머리핀보다 훨씬 저렴할걸, 속물!

음악이 없으니 무력했다. 멍했다. 손가락을 물어뜯고 있는 나를 발견하곤 화가 났다. 난 소파에 누워 땅콩을 천장까지 던져 입으로 받아먹는 쓸모없는 기술을 익히고 있었다. 번번이 빗나간 땅콩이 바닥 여기저기 흩어졌다. 나나는 내 배 위에 잠들어 있었다. 카페 주인이 6박 7일간 괌인가 사이판인가로 신혼여행 간다고 했으니까 난 선균의 눈을 피해 게으름을 피우다 심심하면 나나를 구박할 생각이었다. 그런데 나나는 초저녁부터 까불지도 않고 울적해하며 잠만 내리 잤다. 그때쯤 치과 의사가 카페 문을 열고 비틀비틀 걸어왔다. 좋아하는 친구가 좀 전에 결혼을 했는데, 기분이 영 별로라고 했다. 카페 주인한테 자기 친구를 소개한 걸 후회한다고 말한 것도 같고, 직업이 건축기사라는 그 친구가 설계한 집에서 장차 같이 살려고 했었는데 다 글렀다는 얘기도 횡설수설했다. 술에 취한 편이 나았다. 그때까지 둘이 꼬박꼬박 높임말을 써서 거북했는데 반말로 하니까 훨씬 편했다. 그날 이 사람은 디제이 부스로 들어가 떨리는 손으로 바늘을 빼고 자기 주머니에서 새 바늘을 꺼내 능숙하게 끼워넣었다. 그는 턴테이블 위에 이 음반을 얹고 조심스레 바늘을 올렸다. 판에 파인 골을 따라 바늘이 유연하게 움직였다.
하필 지금 네번째 트랙이 돌고 있다. 제목은 〈I'm your man〉.

If you want a boxer

I'll step into the ring for you

And if you want a doctor

I'll examine every inch of you

If you want a driver

climb inside

Or if you want to take me for a ride

you know you can

I'm your man

난 당신의 사람입니다, 느리고 느끼하며 진득진득하게 노래한다. 닭살이 돋을 것 같다. 그런데 이 남자의 목소리가 싫지는 않다. 나는 눈을 감는다. 내게도 저 노래 속의 의사가 있어 내 몸 구석구석을 검사해주면 어떨까? 이제 곧 치과 의사는 일어난다. 아니, 일어날 것이다. 아니, 일어나야 한다. 그는 내 옆으로 다가와 나를 만질 것이다. 이마에 입 맞추고 콧등에 입 맞추고 점점 아래로…… 난 혀를 돌려 입술에 침을 바른다. 남자와는 아직 키스해본 적 없다. 내 이럴 줄 알았으면 양치질이라도 해둘걸, 점심때 자장면에 양파까지 먹었는데…… 아, 눈꺼풀이 떨린다.

왜 이리 오래 걸리지? 눈 뜰까 말까? 키스 안 할 거예요? 당신이 이 노랫말처럼 무릎을 꿇고 빌거나 발버둥 치며 내 발 앞에 쓰러지지 않아도 좋아요. 내가 싫어요? 용기가 없어 못 하는군요. 바보 얼간이…… 난 더 못 기다려요. 그럼, 내가 어떻게 하나 보여줄게요. 셔츠 단추를 하나둘 풀까? 일단 부드럽게 턱을 어루만지고 키스를 하면…… 당신이 내 손을 잡아주겠죠.

"야야야, 뭐하냐? 기도하니? 내 목소리 안 들려? 얘가 뻣뻣이 앉아서 자나봐. 여울아! 너 손님 세워놓고 이러고 있으면 어떡해? 우리 들어오는 거 못 봤어?"

눈앞이 뿌예 보이다가 점점 밝아진다. 아, 쪽팔려. 은영은 검지를 들어 제 귀 옆에서 몇 바퀴 빙빙 돌린다. 의사와 선균은 창으로 들어오는 저녁 햇살에 얼떨떨한 얼굴로 서 있다.

'곽은영! 네 눈엔 내가 맛이 간 걸로 보이니? 넌 선균씨랑 포켓볼 치러 갔으면 치고 왔어야지, 왜 벌써 왔니? 그렇게 타이밍을 딱딱 못 맞춰서야 어디 친구라고 할 수 있겠니?'

난 튀어나오려는 말을 입에 물고 물을 벌컥벌컥 마신다. 저 치과 아저씨는 도무지 속을 알 수 없다. 칫솔처럼 틀니처럼 아무 감정도 없나? 한 번도 보지 못했지만, 벗기면 다른 얼굴이 있고 벗기면 또다른 얼굴이 있다는, 러시아 인형 마트료시카 같은 사람일지 모른다.

켄타우루스 프록시마

 일찌감치 문을 닫는다. 주인이 없으니 이상하게 손님도 거의 없다. 우리는 착실하고 성실한 종업원이 아닌 쪽을 택했다. 대중목욕탕 물속에서 오줌 쌌던 어릴 때만큼의 죄책감도 없다. 선균도 의사의 새 차를 시승하겠다며 따라 나갔으니 이제 여기서 우릴 간섭할 사람은 하나도 없다. 지민 선배가 말한 '해방구'란 이런 델까? 이렇게 말하면 선배가 날 쥐어박으려나?
 난 냉장고에서 맥주를 꺼내온다. 한 번도 못 마셔본 외국산 맥주다. 은영은 파인애플을 썰어온다.
 "야! 바나나랑 치즈도 갖고 와."
 우리는 지금 축배를 들어도 괜찮다. 맥주와 파인애플, 바나나와 치즈는 똑같은 걸로 사서 채워넣으면 그만이고 난 지금 그만한 돈도 있다.
 아까까지 의사 아저씨하고 나는 구석진 테이블로 옮겨 한 시간 남짓 독일어 공부를 했었다. 『외국인을 위한 독일어』라는 교재인데 뒤로 갈수록 나도 잘 모르겠다. 내가 버벅거리면 아저씨가 재빨리 사전을 찾아 단어 뜻을 말해준다. 우리가 그러고 있으면 은영이 괜히 쓱 지나간다. "참 내, 누가 누굴 가르치는 시추에이션인지 모르겠네……"라며 구시렁거린다. 자기가 아는 영어라곤 시추에이션과 헬로우, 오 마이 갓, 쏘리 쏘리 정도이고 독일어는 아베체데도 모르면서…… 아무튼 난 기분이 좋다. 나의 늙은 학생이 다음달 과외비를 주고 갔으니…… 사실 미안하고 조마조마한 마음도 없지 않다. 지난달에도 선금 20만 원을 받고 한 달 내내 두 번밖에 안 가르쳤는데. 벌써 또 과외비를 받았다. 이제부터라도 열심히 공부해서 가르쳐야지. 이보다 쉬운 아르바이트는 없을 테니까…… 어느 날 그가 번뜩 정신을 차려 딴 데로 배우러 가겠다는 말이 나오지 않도록. 20만 원씩 석 달만 더 모으면 다음 학기엔 등록하고도 남겠다. 내일은 속옷도 사고 스웨터도 하나 구입해야지. 조만간 아빠한테 가서 내가 집을 나올 수밖에 없었던 이유를 설명하고 정정당당하게 독립을 선언해야겠다.

"은영아! 맥주 좀 더 가지고 올래? 난 걷지도 못 하겠다."

"혀가 완전 꼬여가지고는…… 너 아까 토하고 왔잖아, 무리다, 무리. 우리 벌써 몇 병째냐 하면…… 어이쿠, 이게 다 얼마야?"

"괜찮아, 괜찮아…… 더 가져와!"

내 목소리가 내 귀를 쩡쩡 울린다. 낯설게 들린다. 녹음한 테이프를 돌려 들을 때처럼 남의 목소리 같다. 난 종종 심야 라디오 방송에서 나오는 팝송을 공테이프에 녹음하기도 했고 가끔은 카세트에 대고 노래를 부른 뒤 다시 들어보기도 했다. 고2 땐가 잃어버린 걸로만 알고 있었던 그 테이프를 동생이 듣고 다녔을 줄이야, 그놈은 내가 목욕할 때 훔쳐보곤 했지, 치사하고 유치한 정신질환자 새끼…… 왜 내가 사랑하는 사람은 모두 나를 떠나갈까? 왜 다 날 내팽개치거나 죽는 거야? 주체할 수 없이 눈물이 흐른다. 나도 죽을 거야. 나는 고뇌 덩어리, 아니, 치즈를 씹는다.
"여자 술주정 중에 최악이 우는 거야. 우리 엄마도 소주 몇 잔 들어가면 울어싸서 감당이 안 되는데…… 네가 이럴 줄 몰랐다. 이거 마시고 정신 차려라."

은영이가 내민 얼음물을 들이키고 읍, 읍하며 울음을 참아본다.
"술 좀 깨니? 여울아! 넌 나보다 키도 크고 날씬하고…… 대학생이잖아. 네가 내 앞에서 울고 지랄하면…… 넌 양심도 없는 거야, 뚝 그쳐! 계속 훌쩍거리면 넌 완전 씨발년이야."

"완전 말 되네!"

욕도 잘하고 거짓말도 잘하고 땡땡이도 잘 치는 은영이…… 실은 안 그런 것 같기도 한 은영이, 사랑스러운 아이, 하지만 난 다시 아무도 사랑하지 않을 것이다. 나로 인해 죽은, 내가 사랑하는 죽은 이들이 내 곁에 언제나 늘 함께 있는 걸 안다. 바로 내 옆에 있지만 내가 볼 수 없는 것들은 얼마나 많을까? 내가 살고 있는 이 이상한 행성 가까이에 있지만 캄캄해서 보이지 않는 별, 프록시마처럼 말이다. 유령과 수호신, 악마, 천사의 얼굴을 가진 악마, 헷갈리는 것들, 내 목을 누르는 보이지 않는 손. 에이, 씨발, 뭐라는 거야? 소파가 말한다. 재떨이도 내게 말을 건다. '오, 원더풀 투나잇!' 에릭 클랩튼이 벽에 붙어서 윙크까지 한다. 누군가 벽 뒤에서 나를 기다리는 것만 같다.

"아! 보고 싶다."

"누가? 누구 말이야?" 은영이가 내 어깨를 흔든다.

"있어, 넌 몰라. 몰라도 되거든……"

"여울이 너! 그 사람 좋아하지?"

"<u>ㅎㅎㅎ</u>, 누구?"

"누군 누구냐…… 너랑 공부하는 치과 아저씨지."

"하하, 웃기셔…… 네 멋대로 생각해라…… 나 좀 주무셔야겠다." 테이블에 쿵 머리를 찧고 뺨을 문지른다.

"그 사람도 너한테 호감이 있는 거 같더라. 남자라면 내가 좀 알잖니…… 돈도 많고 괜찮아 보이니까 잡아라, 잡아!"

"뭔 쥐새끼니? 잡고 말고 하게?"

"내가 남자를 유혹하는 비법을 전수할 테니, 잘 들어봐…… 야야, 너 자니? 자냐고! 여울아, 정신 좀 차려봐. 우리 큰일 났어. 너무 많이 먹었나봐. 슈퍼 문 닫기 전에 먹은 거랑 똑같이 사다놔야지…… 너 돈, 돈 봉투 어디 놔뒀니? 뭐야? 주머니에도 없잖아……"

"있어. 주방에…… 서랍에……"

은영이가 데굴데굴 구른다. 달그락거리며 뭔가 찾는 것 같다. 주방에서 돈 봉투와 사진을 갖고 나온다. 지민 선배와 내가 교정에서 찍은 사진이다. 수선화가 만발한 본관 앞에서 우리는 손을 잡고 어색하게 웃고 있다.

"이 여자, 어디선가 본 거 같은데……"

은영은 사타구니를 긁적거리다 손 냄새를 맡고 머리를 갸우뚱거린다.

"아닐 거야…… 네가 잘못 봤겠지. 더러운 손으로 만지지 말고, 얼른 줘."

난 사진을 뺏으려고 몸을 일으킨다. 어지럽다.

"잠깐만, 잠깐만 있어봐…… 너, 나 알지? 내가 여기 한 번 온 사람은 다 알아보는 거. 그래서 손님들 다 놀라잖아. 가만 있어봐! 이 사람 맞아. 여기서 본 건 아닌데…… 분명히 봤어. 그래! 선균 오빠랑 요기 길가에서 싸우고 있었어. 내가 출근하는 길이었는데, 무슨 일인지 몰라도 이 여자가 빽빽 핏대를 세우니까 오빠가 발로 차고 밟으려는 걸 내가 뜯어말렸거든…… 근데 이 여자 누구야? 누구기에 애지중지 사진을 모셔놨어? 설마 너하고 같이 살았던…… 자살한 그 여자는 아니지?"

페이스오프

선균의 코빼기도 안 보인다. 벌써 일주일째 나타나지 않는다. 난 종일 카페로 길거리로 당구장으로 골목으로 그를 찾아다녔고 매일 몇 번씩 그의 방문을 두드렸지만 인기척이 없었다. 은영도 카페 주인도 그를 못 봤다고 한다. 내가 혈안이 되어 찾는다고, 은영이 선균에게 귀띔해줬을 리는 없을 텐데. 이렇게 날 피해 다니는 걸 보니 유서도 실마리도 없는 선배의 죽음에 선균이 관련되어 있을 거란 생각이 점점 더 커져간다. 은영이가 그들이 싸우는 걸 봤다는 날이 대통령 선거 이후라고 했다. 그리고 캐럴이 울려퍼지고 아래 제과점에서 케이크를 싸게 팔았던 즈음이라는 걸 보면, 선배가 죽었던 날과 거의 일치한다. 지금 생각해 보면, 선균은 내가 아르바이트를 막 시작했던 지난 11월 중순, 내가 퇴근한 후에 선배가 카페로 찾아왔었다는 것, 그리고 돌아가려는 선배에게 술을 권했다는 것을 여태 내게 말하지 않았다. 그럴뿐더러 은영과 주인이 호기심에 가득 차서 다 죽어가는 나를 붙잡고 선배의 외모와 성격, 자살한 이유와 집안 상황 등을 꼬치꼬치 물어왔을 때도 평소와 달리 그는 전혀 끼어들지 않았고 이상할 정도로 무관심해 보였다. 난 털을 쭈뼛 세우고 코를 킁킁거리며 싸돌아다니고 있을 선균을 잡아 목을 비틀어버리기 전에는 아무 일도 할 수 없을 것 같다.

개학일이 다가오니까 이 거리는 활기를 되찾는다. 새로 생긴 이국적 카페를 지나 학생들이 삼삼오오 반짝거리는 액세서리를 고르고 있는 즐비한 노점상 거리를 지나 나는 철물점에 간다. 쇠 지렛대를 찾았지만, 구부정한 주인은 '빠루'라는 도끼처럼 생긴 망치를 내민다. 가격이 비싸지만 덥석 사고 철사도 5백 원어치 끊어온다. 청바지에 도끼빗을 꽂고 머리에 무스를 발라 닭벼슬처럼 세운 남자가 나를 따라오는 것 같다. 나는 얼른 오락실 모퉁이에 몸을 숨긴다.

카페 주방에 들러 식칼을 빼들었다. 4층으로 올라가는데 콘크

리트 계단이 썩은 나무 계단처럼 흔들린다. 쿵쿵 발소리가 심하게 울린다. 당구장 유리문에 도안된 엑스자의 큐대는 더이상 올라가지 말라는 경고 표지판 같다. 난 단지 문 하나를 열어보려는 것이다. 여기엔 어떤 숙명, 어떤 계시가 있었다. 난 그 문을 따고 들어갈 권리가 있다. 권리가 있다니…… 도덕적으로 정당한 일인가? 라스콜니코프가 노파를 살해한 장면이 떠오르는 건 나의 나쁜 독서 때문이다. 필독서들은 과대망상을 부추긴다.

현관문을 열고 숨을 고른다. 칼을 쥔 손이 바들바들 떨린다. 살갗이 트고 힘줄이 불거져나와 노파의 손 같다. 조용하다. 난 철사를 구부려 바늘구멍보다 조금 큰 구멍에 쑤셔넣는다. 후벼파듯 돌리고 안간힘을 써도 열리지 않는다. 문짝 틈에 식칼을 넣고 힘껏 젖힌다. 칼날이 우그러진다. 빠루는 어떻게 써야 할지 모르겠다. 이 구멍을 맘대로 할 수 있다면…… 나는 찌르고 찌른다. 제발 열려라, 문아! 너무 용을 써 식은땀이 흐른다. 금방이라도 선균이 달려들어 내 목덜미를 누를 것만 같다. 도저히 안 되나보다……

난 돌아서서 현관에 쭈그리고 앉아 운동화를 집어 끈을 풀고 발을 넣는다. 이 정신에 신발을 벗고 들어온 나의 예의 바름에, 습관에 치가 떨린다. 운동화를 고쳐 신고 방문을 걷어찬다. 방문이 흔들린다. 좋아, 더 세게, 다리가 부러져도 좋아. 나는 다리로 차고 또 차고 몇 발짝 뒤로 몸을 뺐다가 달려가서 몸으로 부딪친다. 복도 끝 방문이 열리고 웬 여자가 나와본다. 내 방 맞은편

문이 열리고 그때 본 남자가 나와 바닥의 칼과 철사, 나무 부스러기를 본다. 난 빠루를 흔들며 들어가라는 시늉을 한다. 우리는 한집에 살지만 서로를 전혀 모른다. 난 상관하지 말라는 무서운 표정을 짓는다. 둘 다 귀찮다는 듯이 자기들 방으로 들어가려는데 뜻밖에 선균의 방문이 열린다.

"들어와!"

그는 나를 낚아채듯 끌어들이고 방문을 닫는다. 버튼을 눌러 잠근다.

"안에 있으면서 왜 문 안 열어? 언제부터 여기 있었어……?"

선균이 손으로 내 입을 틀어막고 차분한 목소리로 지껄인다.

"죽을래? 조용히 할래?"

내가 눈을 껌벅껌벅하자 나를 확 던지다시피 밀친다. 침대 위로 나가떨어진다. 징그럽게 희고 부드러운 이불이다. 진주색이 도는 하얀 벽지로 새 방처럼 깨끗이 도배된 방, 내가 있는 방보다 몇 배나 넓다. 이런 방이 같은 건물, 같은 층에 있다는 게 믿어지지 않는다. 통유리로 만든 샤워 부스와 화장실, 확 트인 전망과 반쯤 내려온 흰색 블라인드…… 선균은 세탁기 옆 냉장고를 열어 캔맥주를 꺼낸다. 지나치게 태연한 태도다. 누군가를 맞이하기 위해 대청소를 하고 샤워까지 마친 것 같다.

"너도 한잔할래?"

난 무릎을 세워 끌어안는다.

"……지민 선배한테 무슨 짓을 한 거야?"

"뭐가 그리 급해? 차차 다 말해줄게…… 시원할 때 마셔!"

그는 커다란 파카글라스에 맥주를 따른다. 거품이 넘치지 않을 만큼 가득.

벽 쪽의 길쭉한 원목 장식장엔 기념품 가게처럼 여러 가지 물건들이 나열되어 있다. 바이올린을 켜는 청동 인형과 알록달록한 코끼리 인형, 그 옆엔 액자들, 액자 안에 도발적으로 서 있는 나체의 여자, 낯이 익다. 시커먼 선글라스를 끼고 있어서 확실치 않지만 은영과 흡사하다. 그 옆에 세워진 열 개 남짓한 액자엔 가슴골이 드러난 채 웅크린 나부, 머리는 산발하고 벗은 엉덩이를 드러낸 여자 등의 사진이 담겨 있다. 그들은 모두 포르노 배우가 아니라 일반인인 것 같다.

아니, 저건 또 뭐야? 이럴 수가, 마네의 〈올랭피아〉가 천진하게 누워 있고 구스타브 쿠르베의 〈세상의 기원〉이 원본 사이즈의 선명한 색감으로 올려져 있다. 이 어슷한 구도와 분홍빛 젖꼭지, 우윳빛 배꼽, 검은 이끼처럼 수북한 음모는 내가 눈을 감고도 그릴 수 있을 만큼 친근하다. 내가 고등학교 다닐 때 미술실 서랍 안에 넣어두었던 그림 중 하나다.

"난 너를 알아. 네가 백 미터 밖에 있어도 바람에 실려오는 냄새로 알지. 처음 봤을 때부터 코드가 맞을 거라 생각했어. 생각보다 시간이 오래 걸렸지만 오늘이 바로 그날이지. 너도 날 원하지?"

난 들고 있던 유리컵을 놈을 향해 던진다. 순간 내 손목이 잡힌다. 날아간 컵은 깨지지 않고 덩그렁 자빠진다. 놈은 전혀 놀라지도 않는다.

"음, 이렇게 나오시겠다…… 어르면 순순히 들어야지. 그 잔에 비싼 약까지 탔는데 마셨으면 기분 좋아졌을 거 아냐, 이 또라이 계집애가……"

내 뺨을 후려갈긴다. 놈은 허겁지겁 내 셔츠를 찢어발기고 유방을 깨문다.

"이 더러운 새끼, 이 더러운 새끼, 이 더러운 새끼."

나는 활처럼 몸을 휘어 버둥거린다. 운동화를 신은 발로 놈의 대갈통을 걷어찬다.

"빌어먹을 년! 이거 점점 재밌어지는데……"

놈이 다시 내 뺨을 주먹으로 친다. 한 번, 두 번, 세 번, 네 번…… 코피가 튄다. 입술이 찢어졌는지 너덜너덜한 느낌이다. 하나도 안 아프다. 놈은 제 입술로 내 입을 막고 민첩하게 내 청바지를 벗긴다. 내 팬티의 볼록한 부분에 입을 갖다대고 입김을 분다.

"아아악! 사람 살려요, 누구 없어요?"

놈이 침대 아래로 몸을 굽힌다. 긴 머플러를 내 눈앞에서 차곡차곡 접는다. 이걸 내 윗입술과 아랫입술 사이에 넣고 머리 뒤로 돌려 묶는다. 또다른 끈으로 양팔을 뒤로 묶어버린다. 익숙한 솜씨다. 어느 틈에 벗겨낸 내 팬티를 뒤집어 코에 갖다대고 비빈다. 흡흡, 냄새를 맡는다.

"자…… 자자, 그럼 기념사진 몇 장 찍어볼까?"

놈이 딱딱딱 손뼉을 세 번 치고 손을 흔들며 걷는다. 카메라를 들고 온다. 내가 아빠한테 생일선물로 사달라고 말한 적 있는 폴라로이드다.

'아빠! 아빠가 잘못했어요. 이렇게 된 건 다 아빠 탓이에요. 내가 죽길 바라죠? 왜 그 여자 말만 믿고 내 말은 들으려고 하지 않았어요? 단 한 번이라도 날 제대로 쳐다봤냐고요? 왜 우리 엄마를 버리고 날 버렸어요? 버렸으면 그냥 내버려두지 왜 그 소굴에 데려갔어요? 내가 뭘 어쨌다고요? 내가 그 앨 죽게 한 게 아니잖아요? 알잖아요? 난 최선을 다했지만…… 그게 나예요. 보고 싶어요, 엄마! 보고 싶다고요…… 내게 지혜를 주세요, 아니면 더 망가지기 전에 날 데려가줘요. 엄마!'

으으으, 몸부림치며 나는 운다. 난 죽어도 다른 애들처럼 "엄마, 엄마" 하며 울지 않는다. 불러봐야 소용없다. 입을 처막아 숨쉬기도 울기도 어렵다. 제발, 정신 차려라, 여울! 공포를 용기로 알고 덤볐던 건 아닐까? 더 나쁜 일로 나쁜 일을 덮어가는 내 삶에 복수하기 위해 난 무슨 일이든 저질러야 할 것 같았다. 난 몸부림을 멈추고 낑낑거리며 돌아눕는다. 저놈은 카메라에서 빼낸 사진들을 흡족하게 바라본다. 육중하고 더러운 동상처럼 서서.

'더 찍어봐!'

난 가랑이를 힘껏 벌린다. 〈세상의 기원〉보다 더, 찢어져라 다리를 벌린다. 두덩이 열리고 선분홍색 음순이 삐죽이 드러날 것이다. 눌린 두 팔이 끊어질 듯 아프다. 애써 웃는 눈을 만든다. 다시 난 서슴없이 무릎을 모으고 다리를 쭉 뻗어 머리 위로 올린다. 무릎과 이마가 맞닿는다. '이 포즈 섹시하지? 좋지?' 내가 봐왔던 나체 그림들이 이렇게 쓰이다니……

"응? 우후, 그렇지, 그렇지."

차르륵, 차르륵, 폴라로이드에서 즉석 현상된 사진이 흘러나오는 소리. 이젠 어떻게 해야 할지 머릿속 기계가 돌아가지 않는다. 〈풀밭 위의 점심식사〉에 등장하는 모델처럼 옆모습으로 앉을까? 제기랄, 머리통에서 피가 나는 것 같다. 아니, 저기 액자 속 올랭피아처럼 체념한 듯 비스듬히 앉아 다리를 꼴까? 그러면 내게도 검은 피부의 사람이 꽃다발을 들고 올까?

괴물은 내 항문을 핥는다. 내 의지와 상관없이 개는 축축하고 날렵한 혀로 내 똥구멍부터 핥아댄다. 나나가 밥그릇을 핥듯이. 내 눈은 감긴다. 똥을 싸고 싶다.

"우우웁, 웁웁……"

난 고개를 절레절레 흔들며 제발 입에 묶은 걸 풀어달라는 시늉을 한다.

'이 개새끼, 씨발, 괴물 새끼야, 이 욕도 아까운 씨발놈아, 빨리 내가 물었던 말에 대답해. 지민 언니한테도 이렇게 했어? 네가 강간했지? 네가 임신시켰어? 이 씨발……' 난 눈이 튀어나올 것 같다. 구토가 나온다.

괴물은 바지 지퍼를 내리고 바지를 벗는다. 팬티 고무줄을 늘려 자기 페니스를 내려다본다. 어깨를 한 번 으쓱하더니 샤워 부스로 들어간다. 기회는 이때다. 난 후다닥 일어나 문으로 뛰어간다. 머리로 문을 들이박는다. 제발, 제발 열려라. 악, 괴물이 획 다리를 붙잡는다. 머리채를 쥐고 흔든다. 물을 뚝뚝 흘리며 웃는 벌거벗은 괴물…… 이때 밖에서 열쇠를 돌리는 소리, 괴물은 한 손으로 문을 막아보지만 이미 늦었다.

"오빠! 괜찮아, 나야 나, 배고프지? 치……킨……"

은영이 문을 밀치고 들어온다. 통닭 봉지를 눈앞에서 흔들며. 곧바로 난 튕겨나간다. 현관문은 활짝 열려 있다. 비틀비틀 죽어라고 계단을 내려온다. 곧 따라 나온 괴물이 내 등판을 발로 찼나보다. 휘청, 내 몸이 계단을 굴러간다. 벌거벗은 내 몸이 접히고 꺾여 공처럼 아주 먼 데로 굴러가나보다. 내 육체가 작은 껍질처럼 잘게 부서진다. 짜증도 원망도 분노도 없이 나는 내가 안 보여서 좋다. 캄캄한데 어디서 나를 부르는 소리가 난다. 이토록 캄캄한데 우물처럼 깊은데 엄마는 어떻게 걸어오셨을까? 내가 이만큼 커버렸는데, 예전의 내가 아닌데 어떻게 알아봤을까? 이 깊은 어둠 속으로 이리 차가운 비바람을 뚫고 엄마와 선배는 어쩌자고 맨발로 나를 찾아왔을까? 왜 손을 흔들며 부르시나? 뭐가 좋아 자꾸 웃으실까?

3부

포르말린

위버멘쉬

메타모르포제

헤이, 헤이, 헤이

플라스틱 피시

크로스워드 퍼즐

스페어타이어

허니 치즈 브레드 & 스틱캔디

스톱, 스톱

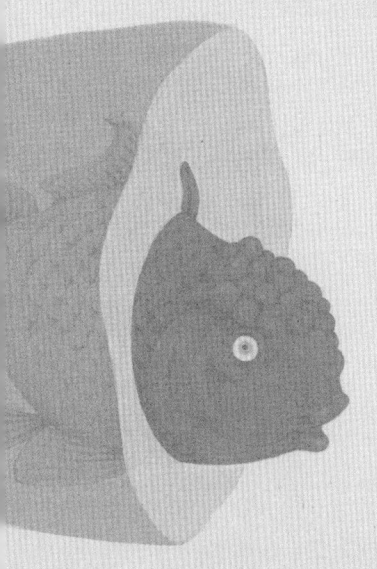

포르말린

　흐흐, 웃는 소리에 깨어난다. 난 입술이 양옆으로 당겨진 채 웃고 있다. 내가 웃는 소리였구나. 한때 나도 잘 웃는 애였어. 기분이 상쾌하다. 당장 일어나야지. 정신은 일어났는데 몸이 움찔움찔 아직 누워 있다. 이 게으름뱅이, 난 게으름뱅이 편이라 누운 쪽을 택한다. 어떻게 옷은 입고 있다. 양쪽 옆이 트여 끈으로 얼기설기 대충 중요 부위만 가려놓은 푸른색 면직물, 큭큭…… 둘러보니 온통 벽이다. 비가 오나? 낮은 코 고는 소리…… 그런데 지금 여기는 어디일까?
　내가 누운 침대 옆 보조 침상에 누군가 있다. 누군지 도통 종잡을 수 없다. 내 왼쪽 팔은 붕대에 묶여 있다. 손가락 한 마디 정도 내놓고. 손가락을 움직여본다. 꿈은 아니구나. 오른손으로 머리를 만져본다. 찌그러졌나? 아직 둥그렇다. 반창고가 여기저기 붙은 것 같다. 약하게나마 천장 조명이 있어 다행이다. 다리는? 왼쪽 다리는 멀쩡한 것 같다. 오른쪽 다리는 붕대에 칭칭 묶여 비스듬한 받침대에 올려져 있다. 음…… 왼팔, 오른쪽 다리, 좌우로 참 균형감 있게 다쳤구나. 내게 대사건이 터진 것 같은데 난 상관없다는 기분이다. 모든 것은 될 대로 되었겠지. 난 동상처럼 우상처럼 철저히 부서져야 하는데…… 살아서 나는 계속적으로 사람들에게 폐를 끼친다. 그러나 어쩐담? 난 싸워야 5백 점짜리 에너지가 든 바나나를 먹을 수 있는 원숭이 같다. 원숭이는 레벨도 올려야 하고 공주도 구해야 한다. 그 전자오락 게임처럼 나도 프로그래밍되어 있나? 모르겠다. 이 모든 게 고의가 아니었다는 것, 다른 아무것도 없었다는 것, 그리고 안녕이라고 말하고 죽으면 그뿐이다.

　이곳은 병실이다. 누가 말해주지 않아도 냄새로 안다. 그 괴물 흉내 내는 것 같군. 이 침대 아래 그 괴물이 있나? 그놈이 잠든 사이, 내 빠루로 뼛가루를 만들어줄까? 근데 환자보다 더 깊이 잠든 이놈 대가리를 부수려니, 복수를 하려니 반칙인 것 같다. 아니, 솔직히 그러고 싶다. 하지만 난 아직 몸을 못 움직인다. 호호호, 지체하자. 나도 내 삶을 모르고…… 누구도 삶의 의미니, 자기 길이니 하는 걸 모르지 않을까? 물고기가 물의 의미를 알까? 사과나무는 대지와 태양의 의미를 알까? 괴물은 괴물 세계의 맛을 알고 나아가야 할 길을 알까? 난 왜 갈팡질팡하나?

바보같이 내 몸은 여기저기 망가지고 덩달아 마음이 허약해졌나 보다. 누군가 나를 이곳으로 옮겼다는 사실만으로 그가 괴물이든 악마든 무조건 온유해지는 건 아닐까?

칭칭 처맨 데보다 심장이 더 아프다. 병원 냄새…… 냄새는 기억의 포르말린일까? 그러고 보니 작년 여름이었다. 새벽부터 폭우가 쏟아지고 있었다. 잠결에 일어나 한 통의 전화를 받은 난 아버지와 동생의 엄마에게 그 사실을 알리기까지 몇 초 동안 지진이 나거나 전쟁이 터져 모두가 몰살하기를 진심으로 바랐다. 새엄마는 무슨 전화냐며 다그쳤다. 난 가까스로 입을 열었다. 아버지는 마시던 요구르트를 입 밖으로 흘렸다. 난 기절했다. 어떤 정신으로 서울의 그 병원에 도착했는지 모르겠다. 울컥하는 병원 냄새에 들어가지 못하고 나는 밖에서 목 놓아 울고 있었다. 누가 보든 말든, 지들이 뭔데? 흰 천을 덮어쓰고 누웠을 동생을 보느니, 한강 다리에서 몸을 던지는 편이 낫겠다고 생각했다. 뭐가 무서워서 못 죽은 거니?

우리는 종종 쌍둥이 남매냐는 질문을 받곤 했다. 같은 고등학교에 같은 학년으로 다녔지만, 그 앤 과묵한 모범생이었고 난 그저 그런 애였다. 하지만 이상한 소문이 늘 따라다녔다. 우린 따로 등하교했고 간혹 복도나 운동장에서 마주치면 외면하기 일쑤였다. 그 앤 나보다 8개월 어렸지만 날 누나라 부르지 않았고 난 그 애의 비밀에 관심이 없었다. 난 종종 그날 죽지 않은 나를, 그 이후에도 죽지 않은 나를 이해할 수 없다. 가끔은 파렴치하다는, 또 가끔은 대견하다는 생각이 든다. 이 죽 끓는 변덕! 아마도 난 구질구질하고 의미도 모르는 내 삶에 어느새 은근히 중독되었나보다.

"이제 깼나보네. 호호호…… 시장하겠구나. 저기 김선생! 수술한 지 여섯 시간 지났지? 죽 좀 갖다주라고 전해요."

의사로 보이는 분이 함께 들어온 간호사에게 이것저것 지시한다. 간호사는 링거액 튜브 마개를 조절하고 밖으로 나간다.

"호호, 애 좀 봐! 아주 한밤중이네……"

의사는 허리를 숙여 아래에서 자고 있는 사람을 흔들어 깨운다.

"으아아, 엄마, 10분만, 10분만 더요!"

돌아누우려고 했는지 우당탕 바닥으로 떨어지는 소리가 난다. 투덜거리며 침대 난간을 잡고 일어선 사람이 날 보고 씽긋 웃는다.

'맙소사, 치과 아저씨!'

"죽 나오면 너도 한 술 뜨고 얼른 가봐. 네 병원에 가서 네 환자 봐야지. 이 친군 내 환자잖아. 호호……"

말끝마다 웃으시는 저 의사 선생님이 치과 아저씨의 엄마인가보다. 헉, 모전자전이란 사자성어는 이런 때 쓰는 거야?

"여울! 여울 맞지? 그냥 이름 부를게, 괜찮지? 호호, 우리 지현이가 어찌나 놀라서 벌벌 떨던지…… 저래가지고 제 환자 수술은 어떻게 하나 몰라. 심하게 다친 거 아니니까…… 며칠 푹 쉬라고 하늘이 준 기회다, 이렇게 생각하고…… 잘 먹고 몸조리

하자. 요즘 세상에 영양실조가 다 뭐니…… 우리 지현이 친구 겸 선생님이면 이 병원 환자 중에 VIP네. 호호."
"엄마! 이 환자에게는 안정이 절대적으로 필요한 것 같은데요. 하하…… 이만 다른 병실도 돌아보셔야죠. 저도 잠깐만 얘기 나누고 금방 뜰게요."
그는 아기처럼 응석부리며 자기 엄마를 내보낸다.
"우리 엄마, 어때요? 미인이죠?"
"네…… 줄리엣 비노슈 닮은 것 같아요."
"와우, 서로 칭찬하기로 짰나본데요? 울 엄마는 여울씨 딱 보더니 입을 쩍 벌리시던데요, 와 예쁘다, 얘 나랑 너무 닮은 것 같지 않냐? 그러시면서요. 하하하."
"말도 안 돼요, 지금 내 기분 좋게 하려고 장난치는 거 다 알아요."
"아무튼 엄마가 여울씨한테 반한 것 같으니까 조심해야 돼요, 워낙 취향이 독특하신 분이라……"
"예? 무슨 뜻이에요?"
"아니, 글쎄요…… 설명하긴 좀 곤란한데…… 아니, 몰라도 돼요."
한지현씨는, 지금부터 치과 아저씨는 한지현으로 부르라나 뭐라나, 왜 다들 호칭에 목숨 거는지 모르겠다. 자신이 아저씨가 아니라 총각이니, 그것도 숫총각이니 제발 이름을 불러달라고 한다. 금방 가봐야 하니까, 오후에 카페 주인과 은영이가 오면 자초지종을 다 들으라고 한다. 그래, 하고 싶은 말만 하시겠다?
"원래 그렇게 순발력이 뛰어나요?"
 팔을 뒤로 묶인 채 그렇게 층계를 굴렀는데도 목뼈도 안 부러지고 큰 찰과상도 없이…… 바닥에서 누가 받쳐준 것처럼, 신기한 일이라고 한다. TV에 나가보란다. 유리 겔러 초능력은 상대도 안 된다나? 팔에 골절과 다리의 인대 파열은 다친 축에도 안 낀다며…… 한 번 죽고 다시 태어난 셈 치라고 한다. 언제 끝나나? 관심 없는 제품 설명을 듣는 것만큼 지루하다. 당구장에서 사람들이 몰려나오고 현장을 목격한 은영이가 카페 사장 신혼집에 전화를 했는데, 그녀는 파마하러 막 나갔기 때문에 받지 못하고 집에서 할 일 없이 노는 자기 친구가 전화를 받았다고 한다. 그 친구가 용하게 자기에게 전화를 걸어줘서 한달음에 카페로 가서 이불에 둘둘 말아놓은 나를 업어 차에 태우고 이리로 날아온 거라고, 숨도 안 쉬고 말한다. 기절한 사람이 등에 업혀서 어찌나 헛소리를 하던지 귀가 다 먹먹했다고 말하며 배를 잡고 넘어갈 듯 웃는다.
"뭐가 그리 우스워요?"
 난 쏘아붙이지만 귀까지 시뻘게진다. 발가벗은 채 등짝에 업혔을 내 꼬락서니라니…… 욕조에 들어간 지 서너 달 지났는데…… 완전 망했다. 무엇보다 그 괴물의 행방에 대해 묻고 싶지만, 입이 안 떨어져서 괜히 멀쩡한 다리를 움직여본다. 젠장, 발톱에 긴 때하고는…… 식판을 든 아주머니가 들어오고 지현씨는 나간다. 밤에 다시 오겠다며 문 앞에서 손 키스를 보내온다. 쳇, 그렇게 기다릴 땐 화장실에 가버렸더니······

"집 전화번호가 몇 번이니?"
은영은 집에 연락해야 된다며 걱정스러운 얼굴로 쳐다본다.
"아니, 뭐 그럴 거 있어? 괜히 어른들 놀라서 돌아가시기라도 하면 어쩌려고? 무소식이 희소식이려니 하고 계실 거니까, 퇴원하고 한번 찾아뵈라. 병원비도 내가 다 계산할 텐데 뭐하러 오라 가라 부모 속을 썩이니?"
난 카페 주인이 저리 어른스레 말하는 건 처음 본다. 역겹기 짝이 없다. 언제나 천방지축 망나니처럼 이리 뛰고 저리 뛸 땐 언제고······ 이 돌대가리, 널 속이며 잇속을 챙기려는 걸 정말 몰랐니? 호시탐탐 광안리 카페로 데려가려고 꼬드기는 심보를 네가 모른 체한 건 아니고?
"글쎄, 그놈 눈이 헤까닥 뒤집혔었나봐. 술김에 순간적으로 미쳤던 게야. 그렇지 않고서야 너한테 그런 짓을 했겠니? 미안하다. 내가 사과할게. 네가 무릎 꿇고 빌라면 내가 당장 무릎 꿇을게."
"그 사람이 저한테 어떻게 했는지 모르시잖아요? 그리고 저한테만 그런 게 아니고요······"
"얘가 생사람 잡네. 젊은 녀석이 술 한잔하면 그럴 수도 있는 거지, 이제 맘잡고 착실하게 살려는 애를······ 아니, 막말로 널 건드린 것도 아니고…… 네가 네 발로 거길 들어갔다며?"
"누가 그래요? 나 원 참 기가 막혀……"
"아까 카페로 선균이가 전화했더라. 너 그렇게 내숭 떨고 고상한 척은 혼자 다 하더니 걜 찾아가서 울었다면서? 돈이 그리 궁하면 나한테 말하랬잖아. 어디서 배운망덕하게……"
보다 못했는지 은영이가 손을 휘저으며 둘 사이에 끼어든다.
"워워, 스톱, 이모는 싸우려고 여기 오신 거 아니잖아요? 너도 그러지 말고."
"은영아, 너 선균이하고 결혼하고 싶다고 했지? 다음달에 식 올리자. 마음 다잡고 일해! 알았지?"
"저어, 그러고 싶었지만…… 저, 저 지금은 모르겠어요. 생각 좀 해보고……"
"생각은 무슨 얼어 죽을! 넌 선균이랑 잤잖아. 그것도 보지가 헐 만큼 잤지? 네가 그 방 들락거리는 거 난 진작 알았다. 그래 가지고 딴 데 시집갈 거야? 처녀 행세할 거냐고!"
카페 사장은 이 병실에 우리를 감금해놓고 무슨 확답이라도 받아가려는 기세로 씩씩거린다. 대답하지 않으면 물고문이라도 할 작정인가보다. 완전 기절초풍할 일은, 은영이 이런 사실을 내게 숨겨왔다는 것이다. 난 그저 은영이 혼자 그놈을 졸졸 따라다니며 풋풋하게 좋아하는 줄 알았다. 그래서 언제 봐서 그놈이 카페에서 한 짓을 일러주려고 맘먹고 있었다. 너무 충격 받을까 봐 말도 못 했는데…… 눈치 없는 년이 사람이냐고 새엄마는 날

구박했었지. 새삼 그분이 일일이 맞는 말을 했고, 퍽이나 현실을 잘 알아채는 사람이라는 생각마저 든다.

"너도 이렇고 선균이도 못 나오니, 은영이도 여기 못 올 거다. 나도 마찬가지고, 카페 일이 좀 바쁘겠니? 아르바이트할 애를 하나 구하든지 해야지, 원……"

카페 주인은 은영의 팔을 잡고 나간다. 뒤를 돌아보는 은영의 눈에 눈물이 가득 고여 있다.

그녀가 들고 온 과일 바구니를 내던지고 싶지만, 난 움직일 수 없다. 난 포르말린에 잠긴 개구리처럼 뻣뻣하다. 내 몸에서 나는 악취로 내 코가 뭉개질 리는 없을 것이다. 그놈…… 내 분노와 수치심, 적개심도 썩지 않기를 바랄 뿐이다. 기저귀엔 오줌이 질펀하다. 똥도 찔끔 묻었을 거다. 나는 나의 분비물조차 치울 수 없다. 곧 지금이라도 그 괴물이 칼을 들고 나타나면 난 그놈을 해치울 수 없다. 난 바로 작살날 거다. 차라리 그편이 나을까? 그놈이라면 수백 번 찌르고도 남을 테니까…… 도대체 그놈은 어디 숨었을까?

위버멘쉬

자작나무숲 사이로 해가 진다. 아름다워, 문득 난 중얼거리고 있다. 나는 운명의 카르마에 의해 미리 예정된 삶의 길을 따라 걷는 건 아닐까? 절뚝절뚝, 목발을 짚고 창가를 오간다. 이 병원은 언덕 위 숲속에 있나보다. 지난 닷새간 침대에 누워 한 발짝도 움직일 수 없었다. 대부분 약에 취해 잔 것 같다. 아니면 헤엄치다 죽은 개구리마냥 뻗어서 온갖 잡념에 시달렸다. 오늘 아침 다리 깁스를 풀고 휠체어 타는 법을 익혔다. 간호사에게 목발 가져다줄 것을 부탁하며 출입하는 사람들도 유심히 봐달라고 여러 번 부탁했다. 특히 여기 올 남자는 지현씨밖에 없다고 누누이 말해뒀다. 이 목발이 무기가 되지 않길 빈다.

어떻게 알고 솔이 왔다. 그 애는 어울리지 않게 한숨을 연거푸 쉰다. 팔짱을 끼고 가만히 내 말을 듣고 있다. 난 그런 태도가 못마땅해 눈살을 찌푸린다.

"……네가 나처럼 다리를 절게 될까봐 두려워."

"괜찮아! 절룩거리게 돼도. 그러면 넌 덜 심심하겠지? 우린 보조가 맞을 테니까."

푸하하…… 우린 마주 보고 웃음을 터뜨린다. 웃음소리에 밀려 심각한 우울과 고뇌가 사라지는구나. 일순간이라도 그렇다고 믿자.

"일어나라! 너, 잠꾸러기여, 낮잠꾸러기여!"

그는 자기 자신을 향해 소리쳤다.

"자, 일어나라, 늙은 두 다리여! 때가 지났으니, 갈 길이 멀지 않은가, 너희들은 잘 만큼 잤다. 얼마나 잤을까? 영원의 반쯤? 자, 이제 일어나라, 너, 나의 정다운 심장이여! 잘 만큼 잤으니

너 이제 얼마나 오랫동안 깨어 있을 수 있겠느냐?"

솔은 옆구리에 끼고 온 책을 펼쳐 큰 소리로 읽어준다.

"나도 알아, 이거『차라투스트라는 이렇게 말했다』…… 맞지? 너 마치 리틀 지민 같구나. 기분 나쁘게 듣지 마라, 최고의 찬사니까."

"그래, 나도 안다. 너도 빨리 일어나야 해, 네 그림자를 털고……"

솔이 새끼손가락을 내민다. 난 아무 의미도 모른 채 오른손을 들어 새끼손가락을 건다. 걸 손가락이 남아 있어 다행이다. 지민은 책 사이에 끼워놓았던 매직을 꺼낸다. 참 골고루 준비해왔구나. 주술사 방망이는 어디 없는 거니? 앤 내 팔뚝에 매직으로 글자를 쓴다. 비뚤비뚤, 참 글씨도 엉망이지만…… 큭큭, 헤나 문신처럼 예쁘다.

'Uebermensch.'

"여울아, 이 단어 읽을 줄 알아? 너, 이거 무슨 뜻인지 모르지?"

"위버멘쉬…… 극복하는 자, 자기 자신을 극복하는 사람이란 뜻이지. 어렵게 말하면 초인! 이제 됐냐? 야야, 넌 약학과고 난 독문과야. 누가 더 잘 알겠니?"

"네가 독문과 교수한테 배웠을 리가 있냐? 지민 선배한테 배웠으면 배웠지……"

내 마음은 이내 어둑어둑해진다.

솔이 가고 나니 캄캄하다. 형광등을 켰는데 어두운 구석이 있다. 난 그 애가 가져다준 노트와 펜으로 뭔가를 쓰고 싶다. 뭘 쓰지? 난생처음이다. 오늘 하루 이 많은 사람이 나를 보러 오다니…… 계속 아플 수 있다면, 그래서 여기 죽치고 살면 어떨까? 밥도 나오고 친구도 오고……

'어차피 세상이라는 병원에서 나는 앓는다.' 맨 첫 장 첫 줄에 이렇게 쓴다. 와아, 내 머리에서 나온 문장 치고는 멋진걸! 다음으로는 오늘 방문객, 아니, 이 병실에 들른 사람의 명단을 작성해보자.

— 김인자(의사 / 한지현의 엄마), 김소정(간호사1 / 빼빼), 전경미(간호사2 / 친절, 화장 진함), 한지현(2회), 병원 식사 서빙하시는 분(이름 모름 / 할머니뻘), 박솔 —

이렇게 써놓고 보니, 어디선가 인상적으로 본 메모가 떠오른다. 그놈의 다이어리, 내가 흘낏 봤다고 개지랄을 떨던…… 그 목록에 적힌 이름들은 모두 여자 이름이었던 것 같다. 하긴 요즘 중성적인 이름이 많으니…… 그 날짜와 이름들이 뭘 말하는 거지? 다시 보면 알 수 있을 텐데…… 나의 상상은 강간과 연쇄살인…… 마구 흉측한 데로 뻗어가고, 이러다간 미치거나 죽거나, 누굴 죽일 것 같아, 잠이 쏟아지기를 간절히 기다린다.

얼핏 잠들었나 싶은데, 조용히 병실 문이 열리고 그림자처럼 한 사람이 스며든다. 침대로 와서 나를 물끄러미 보는 것 같아 난 눈을 꾹 감는다. 주삿바늘 때문에 멍투성이인 팔목을 쓰다듬는다. 이불을 바로 덮어준다. 머리 옆 선반에 뭔가를 두고 창가에 서서 바깥을 바라본다. 다시 내게로 와 내 이마를 손가락으로 만질 듯 스친다. 나직이 한숨을 쉬고는 돌아서 걸어가 문을 열고 스르륵 빠져나간다.

까욱 까욱, 내 머릿속으로 까마귀 한 마리가 날아가는 것 같다. 내가 예닐곱 살 즈음이던 해거름 무렵, 할머니네 담장 밑에 앉아 하늘을 쳐다보며 울고 있을 때, 웬 아주머니가 나에게 우유를 쥐여주고는 내 이마를 쓰다듬고 지나갔을 때처럼.

난 비칠비칠 일어나 선반 위에 놓인 물건을 하나씩 들어본다. 체리주스, 딸기우유, 빨대, 귤 두 개, 보들레르 시집.

'무슨 의사가 저리 친절해? 이 밤에…… 소름 끼칠 정도로 친절하군!'

우유갑 한쪽을 뜯어 빨대를 꽂고 쪽쪽 빨아먹는다. 엄마 젖도 이리 맛날까? 내게도 젖 준 사람이 있었나? 밤의 적요 속에서 난 우유갑을 쥐고 스르르 잠이 든다.

메타모르포제

형사가 찾아왔다.
"어떻게 된 거냐면요……"
난 일어나 앉아 선균이 내게 한 일을 더듬더듬 말한다. 형사가 웃으며 모자를 벗는다. 아니, 이럴 수가. 그놈이다. 허리춤에서 총을 뺀 놈이 내 머리에 대고 방아쇠를 누른다. 몇 발의 총성이 울린다.
"계십니까?"
빠끔 문이 열리고, 지현이 들어온다.
"에이씨, 놀랐잖아요."
이 사람은 매일 출근하다시피 한다. 바빠서 못 오는 날도 있었지만, 그걸 만회하겠다는 듯 어떤 날은 이렇게 두 번씩이나 온다.
"내일 퇴원하는 건 축하할 일인데, 왜 이리 서운한지……"
그는 말끝을 흐리며 안주머니에서 시디 한 장을 꺼낸다. 자기가 가져다준 회색빛 작은 오디오의 시디플레이어 뚜껑을 열고 시디를 가볍게 얹는다. 지난밤, 그는 음악을 전공하고 싶었지만 일찌감치 엄마의 무서운 반대에 부딪혀 치대를 갔다고 말한 적이 있다. 그래서 매일 남의 입속을 들여다보는 일에 염증을 느낀다고도 했다. 일렉트릭 기타를 연주해주고 싶지만, 여기선 형편이 그러니까 다음에 자기 집에 오면 들려주겠다는 농담 같은 말을 진담처럼 했다.
 다소 어두운 느낌의 곡이 프로그레시브하게 전개되어간다.
 "이건 시칠리아 출신의 5인조 아트록 밴드의 곡이죠. 주로 이탈리아에서 언더그라운드 그룹으로 활동했는데 1972년과 1973년에 음반 한 장씩을 발매한 뒤 유령처럼 사라졌어요. 이건 두번째 앨범인데…… 연주도 괜찮죠?"
 "우울하고 단조로운 감이 있지만, 몰입하게 만드는 힘이 있네요. 밴드 이름이 뭐죠?"
 "메타모르포제…… 변태라는 뜻이죠."
 "허걱! 변태라니……"
 "뭘 상상하는 거예요? 하하하, 그 변태 말고 번데기가 나비가 되는 변태 말입니다."
 어쨌거나 우리는 서로가 눈치챌 정도로 가라앉는다. 음반 커버에는 단테의 신곡에서나 볼 수 있는 지옥 풍경이 묘사되어 있다.
 "내가 좀 알아봤는데…… 그 사람 신원조회를 부탁했거든요. 강간미수죄로 백만 원 벌금을 물었던 전과가 있더라고요. 그런데 이상한 건 합의니 뭐니 하며 여자들과 실랑이를 많이 벌였다고들 해요. 주변 상인들 소문도 안 좋고…… 여기서 퇴원하면 어쩔 생각입니까?"
 "난감해요. 며칠 전에 솔이란 친구와 개와 같이 스터디하는 친구들이 왔었는데…… 퇴원한 후에 사후 대책을 논의해보자고들 해요. 제 선배도 이 일에 연루되어 있는 것 같고 저도 가만있으면 안 될 것 같은데…… 겁도 나고, 뭐가 뭔지 모르겠네요. 그 놈은 지금 어디 있어요?"

"멀리 줄행랑친 것도 같고, 근처에 있는 것 같기도 하고…… 그 블루 스타킹인가 하는 멤버들과 움직이는 거, 아무래도 위험하지 않을까요? 싸워야 할 상대는 선균뿐만 아니라 온천2동 일대까지 걸쳐 있는 깡패 조직 같던데…… 힘들겠지만……"

"힘들겠지만, 다음은요?"

"그래요, 힘들고 버텨낼 수 있을지 모르겠지만, 실은 제가 여울씨 집안 사정을 잘 모르면서 이런 말하는 건 오지랖이 넓은 거겠지만…… 집으로 돌아가 가족들과 화해를 하면…… 아니, 조금만 더 견디다가 결혼을 해서 공식적으로 집을 나오는 게…… 서두르면 빨리할 수 있지 않을까요?"

"저기, 의사 선생님! 저를 도와주시고 여기까지 데려와주시고…… 저도 감사한 마음 갖고 있어요. 하지만 지금 무슨 말씀을 하시고 있는지…… 선생님은 가족, 아니 가족과 여성에 대한 환상 같은 게 있는 것 같네요."

"또 갑자기 왜 이래요? 의사 선생님이 뭡니까? 난 어떻게 하면 여울씨가 덜 상처 받고 행복하게 지낼 수 있을까 해서 하는 말이에요. 흠, 으흠…… 난 여자들과 오래 만난 적 없고 그래서 잘 몰라요. 형제도 없고 친척도 친구도 별로 없죠. 여자의 심리를 잘 모릅니다. 단지 서로 말이 통하고 함께 음악을 들을 수 있는 친구 같은 여자라면 좋다고 생각해요. 내 말을 왜곡해서 들지 않길 바라요."

"네네, 지현씨라고 부르라고 하셨죠? 지현씨! 지현씨와 난 아홉 살 차이예요. 왜 나한테 말 안 놓으세요? 왜 손가락 끝도 만지지 않아요? 그런데 오늘따라 왜 횡설수설하세요? 나를, 발가벗은 나를 업었기 때문에 책임감 같은 거 느꼈던 거예요?"

"하하, 한 가지씩 물어보세요. 그렇게 쏘아대면 어쩝니까? 흠…… 그럼, 답변을 하죠. 처음에 뭐였지요? 아, 네. 완곡하게 말한다면, 말을 놓아도 된다는 거죠? 그건 나도 기다리던 바입니다. 둘째, 손가락을 왜 안 만지느냐?"

지현은 내 손가락을 물끄러미 본다. 하도 물어뜯어서 손톱이 피가 날 지경으로 형편없다. 난 슬며시 손을 오므린다. 그가 내 손 아래 자기 손바닥을 넣는다. 그리고 자신의 손가락으로 내 손가락을 하나씩 편다. 가만히 손바닥을 포갠다. 그의 손금이 내 손에 새겨질 것 같다. 따뜻하다. 내 손과 달리 마디나 굳은살 하나 없는 손이구나. 지현은 구두를 벗고 침대 위로 올라온다. 내 옆에 모로 눕는다. 난 이제 입맞춤을 기다리며 눈을 감지 않는다. 내가 먼저 살짝 입 맞춘다. 더, 더, 더,

내가 이러는 건 아버지를 닮은 사람의 사랑을 얻고자 하는 이상한 오기 같은 게 아닐까? 으으으, 모르겠다. 이 입술은 왜 현미 입술보다 더 달고 부드럽지? 그는 입술을 떼고 수줍게 웃는다, 손으로 내 볼을 쓰다듬다가 이마에 입맞춤한다, 내 등 뒤로 손을 뻗어 토닥토닥 두드려준다.

"여울! 이대로 널 안고 잠들면 좋겠어. 그럼, 우리는 날 수 있을 거야. 아, 이건 꿈만 같아…… 우리 퇴원하고 나면 곤돌라 타러 가자. 놀이공원 말고 베네치아로 가서, 수로를 떠가는 진짜 곤돌라를 타고……"

똑똑똑……

무음 벽시계가 11시를 가리키고 있다.

원장이 낑낑거리며 문 안으로 들어선다. 백화점 다녀온 사모님처럼 양손에 쇼핑백을 들고 있다. "여울, 불 켜놓고 여태 뭐해?" 커다란 눈을 번득인다.

"아니, 넌 왜 여기 누웠냐? 낮에 왔다 갔잖아? 내일 휴일도 아닌데, 내일 출근 안 할 거야? 어서 가봐. 애도 푹 쉬어야 얼른 회복될 거 아니니? 의사가 환자 자리나 차지하고…… 쯧쯧, 의사의 기본적 자질이 의심스럽다, 심히 의심스러워!"

"그러시는 엄마는 이 시간에 왜 여기 들어와요?"

"뭐? 뭐…… 내일 아침에 들르려고 했는데, 지나다보니 불빛이 새어나오기에…… 여울아! 내일 입을 옷 없지? 퇴원할 때 이걸로 갈아입어라. 안 입어봐도 잘 맞을 거다."

원장이 쇼핑백을 열고 옷가지를 꺼내 보여준다. 조다쉬 청바지와 청재킷, 해골이 그려진 펑키한 티셔츠, 네모난 상자에서는 나이키 운동화까지 나온다. 모두 최신 유행으로 부잣집 애들도 척척 사기 어려운 것들이다.

"여울아, 그럼, 푹 자거라. 넌 어서 내려오고…… 그 좁은 침대에 비집고 누울 데가 어디 있다고! 뭘 꾸물거리니? 얼른 집에 가서 팔다리 쭉 펴고 자라."

두 사람은 서로를 걱정하는 것도 같은데…… 어찌 보면 개와 고양이처럼 으르렁거리는 것 같다. 원장은 지현에게 몇 마디 더 쏘아붙여놓고 나한테는 긴히 할 말이 있다, 내일 원장실에 꼭 들러라, 신신당부를 하고 나간다.

원장이 나가자 지현이 엉거주춤 침대에서 내려온다.

"우리 엄마하고 무슨 일 있었어요?"

참 생뚱맞은 질문이라고 생각하며 난 사과를 와작와작 씹어먹는다.

"무슨 질문이 그래요? 일은 무슨 일? 왜 저러시나 모르겠네, 부담 되게……"

"말하자면 좀 복잡한데, 아니, 단순한 문제라고 할 수 있죠. 양가적인 것 같아요. 나 원, 또 이러네! 반말하라고 했지? 우리 부모는 따로 살아. 법적으로 이혼은 안 했지만 매한가지지. 아버지는 지금 이탈리아에 있어. 틈이 나면 배를 타고 여기저기 떠돌아다니신대. 한국 여행객들 가이드 노릇도 하고. 여기서는 성악을 전공한 교수셨어. 엄마는 아버지가 역마살이 있어 나돈다고 하는데……"

"언제부터요?"

"내가 대학 입학하자마자니까…… 꽤 됐지? 엄마가 젊은 영화감독하고 바람이 났었거든. 아버지도 잘 아는 사람이었어. 근데 그게…… 여자 감독이야, 놀랍지 않아?"

"그러니까 엄마가 사랑했던 그 상대가 여자였다고요?"

"죽고 못 사는 사이였다나봐…… 난 이런 얘기, 처음 하는 거야. 누구한테도 말 못 하겠더라고. 엄마가 레즈비언이라고 어떻게 말하겠어? 이게 말이 돼? 아니, 레즈가 아니라 양성애자라고 해야 맞나?"

그는 얼굴을 감싸고 어깨를 들썩거린다. 사춘기 소년, 아니, 어린아이처럼. 난 그의 뒤로 가 팔을 벌린다. 떨리는 등을 토닥인다. 웅크린 몸을 둥글게 감싼다. 마치 난 알을 품은 어미 새가 된 것 같다. 내 입에서도 울음이 터져나온다. 우리는 서로 다른 생각을 하고 있지만 동시에 울고 있다. 눈물을 그치고 울음소리마저 잦아든 후에 천천히 눈을 뜬다면, 그때 우리가 다른 모습으로 변해 있다면, 우린 있는 그대로의 서로를 사랑할 수 있을까?

몸 안에서 불이 켜지는 것 같다. 여기서 나가면 어디로 가야 할지, 문득 보인다. 왜 이런 생각을 한 번도 하지 않았을까? 절룩거리며 지현을 배웅한다. 우리는 엘리베이터 안에서 키스한다. 입에서 포르말린 냄새가 난다. 그가 내 다리를 만진다. 몇 시간 후 퇴원해도 당분간 목발을 짚고 다녀야 될 거라고 불편해도 참으라고 말한다. 나는 고요한 복도 쪽으로 되돌아선다. 내 발소리가 울려퍼진다. 나는 바닥의 네모난 금을 피해 걷고 있다.

아무튼 도대체가. 난 개념 없는 이 목발이 앞서 가는 대로 그냥 따라가는 거다. 어디 가니? 어디 가니? 어디 가냐고? 옥상으로 가서 뛰어내리고 싶어? 그놈을 죽이지도 않고 죽을래? 비겁한 년. 어제도 난 몇 번이나 나에게 물었다. 어두운 복도는 끝나지 않을 것 같다.

'원장 김인자' 명패 앞에서 멈춘다.

"막 나가려던 참인데…… 여기 좀 앉아. 지현인 갔니?"

"네!"

"내일 말하려고 했는데, 이렇게 찾아왔으니……"

"저한테 내일은 없어요."

"<u>호호호.</u>"

젠장, 뭐가 저리 즐거울까? 비참한 기분이 든다. 〈참을 수 없는 존재의 가벼움〉, 〈나쁜 피〉, 〈녹색광선〉의 줄리엣 비노슈가 내 머리칼을 만진다. 난 이 여자를 오래전부터 알아왔던 것 같다. 난 이 여자의 짧은 머리와 길쭉한 다리가 맘에 든다. 목소리도 좋고 특히 웃음소리, 냄새도 좋다. 아, 다리가 뻐근하다.

"여울아, 여울아, 여울아, 정여울!"

"네!"

"여울아, 네 이름 지었을 때 나도 거들었단다. 갓난애 이름이…… 물살이 세게 흐르는 여울이면 인생이 파란만장해지지 않겠냐며 말렸거든."

"네? ……에이씨, 그런 농담…… 하지 마세요."

원장은 나에게 종이 한 장을 내민다. 이 주소로 찾아가봐. 네가 보고 싶어하는 사람이 거기 있을 거다…… 말도 안 되는…… 도대체 왜 어째서 이런 말을, 웅웅거리는 소리, 지지직, 지지직, 라디오가 주파수를 못 잡고……

우리는 안드로메다 말로 이야기한다. 난 우주에서 조난당했다. 기차가 어둠을 헤치고 은하수를 건너온다. 안녕! 은하철도. 난 씨익 웃으며 기차에 올라탄다. 목발을 우주의 밤하늘 속으로 던진다. 기계인간도 죽여야 하고 메텔도 구해야 하고…… 여기서도 바쁘다. 그러니 김인자 원장 선생님! 닥쳐요, 닥쳐. 거짓말이죠? 다 만화 같은 얘기라고요.

헤이, 헤이, 헤이

"어때요? 나오니 좋죠? 하하하, 축하해요."
지현은 자기가 퇴원한 것처럼 마냥 들떠 있다.
유리 파편이 얼굴에 튄 것처럼 나는 한 발짝 뒤로 물러선다.
"아, 햇살이 너무 눈부셔."
지현이 내 얼굴을 만지다가 가볍게 포옹한다.
"그래도 좋지?"
"응."
흡흡, 공기부터 다르다. 바람이 분다.

"바람이 분다, 살아야겠다……"

오래전 차가운 새벽길에 지민은 중얼거렸지.

"선배! 그 말, 은근히 멋진걸요?"

내가 미소를 함빡 머금고 자기 얼굴을 바라보는 게 겸연쩍었던지 지민 선배는 대꾸했어.

"내가 지어낸 말 아니고 폴 발레리가 쓴 시의 한 구절이야."

"아무튼요."

아무튼 바람이 분다. 아, 미친 듯 살고 싶다. 병원 문을 밀고 나오자마자 어제의 내가 아닌 것 같다. 밤새 풀었다 묶고 풀었다가 다시 묶은 마음의 실타래가 바람에 싹 날아가는 것 같다. 내가 두리번두리번하는 사이, 끼익, 검고 번지르르 한 차 한 대가 나를 칠 듯 병원 출입문에 바싹 다가와 멈춘다. 운전석에서 남자가 나와 뒤쪽 차 문을 열자 반짝이는 하이힐, 매끈한 검정 스타킹, 바이올렛 빛깔 스커트…… 화려한 차림의 여자가 내린다.

"어머? 지현씨, 반가워요. 요즘 어떻게……"

여자가 말을 하다 말고 나를 쓱 훑어본다.

"예…… 유나씨가 여긴 웬일로…… 어디 아프세요?"

"호호, 아뇨, 사촌 병문안 차…… 그럼, 다음에 차 한잔해요."

"예, 그러죠."

지현이 문을 열어주자 여자는 살짝 웃으며 엄지와 새끼손가락만 편 손을 자기 귀에 갖다댄다. 그리고 손을 펴서 흔든다.

"누구예요?"

"작년에 선본 사람."

"완전 미스코리아 같네."

"맞아요, 미스코리아."

"헉!"

저쪽 모퉁이에 담배를 물고 있는 사람이 턱으로 나를 가리키는 시늉을 하자 그 옆에 육중한 체구의 사람이 종이컵을 구겨 아무렇게나 던지며 나를 쳐다본다.

'뭘 보니? 뭘 바라니? 나한테 볼일 있어?'

하지만 저치들이 보는 건 내가 아니라 방금 병원으로 들어간 그 여자일지도 모른다. 어떠한 의심도 예측도 시도도 하지 말자. 제발, 오늘은 바람이 부니까.

지현이 주차장으로 나를 이끈다. 그는 한 손으로 내 팔을 잡고 다른 손으로 캐리어 여행 가방을 끌고 있다. 그는 일찍 병실에 와서 종이 가방에 대충 담아놓았던 내 물건들을 꺼내 캐리어에 차곡차곡 옮겨 담았다. 그가 트렁크를 연다.

"여울아, 여울아……"

저만치 옷자락을 펄럭거리며 오는 솔과 은영. 쟤들은 대형 마트 이름이 씌어진 비닐봉투를 하나씩 쥐고 나자빠질 듯 헉헉댄다. 솔의 이마에 맺힌 땀방울이 햇살에 부딪혀 딸랑딸랑 소리를 내는 것 같다. 은영이 숨을 헐떡거리며 말한다.

"야야, 하마터면 놓칠 뻔했네. 설마, 너! 우릴 떼놓고 가려던 건 아니지? 이거 다 네 짐이야. 카페 윗방에 있던 옷이랑 책, 뭐 그런 거…… 우리 둘이 얼추 다 챙겨왔는데…… 어? 너 예쁜데? 이 옷 어디서 난 거야?"

은영이 나를 한 바퀴 빙 돌린다.

"응, 원장님이……"

"뭐야? 장차 며느리 될 사람이다, 이거지?"

은영은 지현을 올려다보며 넉살 좋게 말을 건다.

"안녕하세요? 저 아시죠? 여울이 친구……"

"그럼요. 다 아는 처지에 새삼스레 인사는요……"

솔은 말없이 나를 응시한다.

"바람이 뒤로 다 오잖아. 추워 뒈지겠다. 빨리 창문 올려."

은영이 어색한 정적을 깼다. 차가 신호에 걸려 서 있을 때에도 앞만 보고 있던 지현이 백미러를 통해 뒷자리를 흘낏 쳐다본다.

"솔아, 넌 왜 이리 조용해? 뭐 화난 일 있니?"

"아니야. 한참 뛰었더니……"

"넌 우리 안 기다렸어? 올 줄 몰랐어?"

은영이 볼멘소리로 끼어든다.

"새벽부터 계속 기다리다가…… 나중엔 못 올 수도 있겠다 싶었지. 이따가 뭐 보여줄게."

"뭔데?"

"종이 한 장…… 편지 같은 거. 다 같이 봐도 돼."

뒤를 돌아보니, 솔은 유리창 너머 시선을 고정한 채 미동도 않는다.
"우리는 지금 점심 먹으러 가는 겁니다. 식당도 예약해놓았거든요. 다들 괜찮으시죠?"

필요 이상으로 큰 소리로 지현이 말한다.

"와, 좋아라. 그야 물론이죠. 난 또 우리끼리 김밥에 떡볶이나 사먹어야겠다 했는데, 너무 잘됐다."

짝짝짝, 은영은 손뼉까지 친다.

평일이지만 식당 입구에는 주차할 공간이 마땅치 않아 지현은 근처를 몇 바퀴 돌아 골목 담벼락에 바싹 붙여 차를 세웠다.

"좀 걸어야겠는데, 괜찮겠어?"

그가 트렁크에서 목발을 꺼내 나를 부축하려고 할 때, 얼른 솔이 내 손에 깍지를 끼고 앞서 걷는다.

"나 이제 멀쩡해, 멀쩡하다고요."

난 지현이 보란 듯이 오른쪽 다리를 번쩍 쳐들어 보인다.

호화스런 정원이다. 연못에는 팔뚝만한 잉어들이 느릿느릿 헤엄치고 있다. 잘 다듬어진 향나무 사잇길로 식당에 들어서자 종업원 서넛이 인사를 한다. 지현은 지배인으로 보이는 사람에게 귀엣말을 하고 우리는 종업원을 따라 격자무늬 창이 있는 널찍한 방으로 들어간다.

"우선 꽃등심 5인분하고…… 고기 다 먹어갈 때 대나무 밥에 된장찌개 내주세요."

지현이 주문을 한다.

"그리고 맥주 세 병하고…… 또 다른 거 주문할까요?"

"저는 나중에 수업이 있어서…… 맥주는 안 마셔요. 그리고 고긴 별론데……"

솔은 외투에서 한쪽 팔을 빼며 건성으로 말하는 것 같은데, 은영이 솔의 옆구리를 쿡쿡 찌른다.

"야! 네가 돈 내는 것도 아니잖아. 주는 대로 먹어."

둘은 내가 병원에 있는 동안, 오다가다 제법 가까워진 것 같다. 우리는 고기를 추가 주문했고 넷이서 9인분을 먹어치웠다. 두께는 내 손바닥만하고 크기는 내 손바닥보다 작은 게 1인분이라니…… 엄밀하게 말하면 다섯 명이 9인분을 먹었으니 많이 먹은 것도 아니다. 그래도 은영은 못내 아쉬운 듯 불판에 눌어붙은 고기 부스러기를 숟가락으로 벅벅 떼어내 입으로 가져간다.

"은영아! 그건 먹지 마. 넌 예쁜 것만 먹어야 돼. 그러다가 너 같이 못생긴 애 낳을라."

내가 말린다. 이제 은영은 배가 꽤 불룩하고 얼굴에 거미가 기어가는 것처럼 기미가 얼룩얼룩 번져 있다.

"아기 가졌어요?"

지현이 지갑을 꺼내 일어서려다 말고 풀썩 주저앉으며 묻는다.

"헤헤헤……"

"누구 애예요? 얼마나 됐어요? 어떻게 결혼도 하지 않고……"

"누구 애긴요…… 그런데 우리 엄마는 아직 몰라요. 카페 이

모는 애를 자꾸 지우라고 닦달이지만…… 선균 오빠가 돌아올
리 없다면서요. 산부인과 의사 선생님 말로는 낙태하기엔 늦었
다는데, 진짜 그럴까요? 아저씨도 의사니까 말 좀 해보세요……
게다가 이 애들도 겁주고 자꾸 뭐라 해요. 인생의 중대한 실수
라는 둥 미혼모로 살 거라는 둥 멸시받을 거다, 비난을 각오해
라, 어디 가라고? 맞아, 미혼모 시설에 들어가는 게 어떻겠냐?
다른 데 입양하는 사람도 있다…… 그리고 또 뭐라더라? 야, 박
솔! 해외 입양이 뭐 어쨌다고? 우리나라에서 외국으로 보낸 어
린애들이 몇 명이라고 했냐?"

"음, 그러니까 한국전쟁 이후 지금까지 14만여 명. 그것도 정
부 통계니까 믿을 게 못 돼. 훨씬 더 많을지도 몰라."

"아니, 그, 그럼, 애를 낳아 입양 보내겠다는 말이에요?"

무슨 파렴치범들을 보는 눈빛으로 지현이 이마를 찌푸린다.

"누가 그런댔어요? 제가 저 한심한 애…… 아니, 애 밴 애를
잡고 교육 좀 시킨 거죠. 지난 며칠 동안 거의 매일 만나 현실이
이렇다, 여러 가지 경우의 수가 있지만 별 대안이 없다, 씩씩한
엄마가 될 수 있는 방법? 뭐, 그런 걸 말했죠. 바람직한 선택이
뭔지 모르겠지만, 결정은 자신이 하는 거고요……"

솔이 어깨를 으쓱하는 순간, 으앙 하고 은영이 울음을 터뜨
린다.

"난 이제 어떡해? 엉엉, 애는 또 어떡해? 난 낳을 거란 말야.
오빠야 좀 찾아줘……"

솔은 난감하다는 표정이고 지현은 얼굴이 하얗게 굳은 채 카운터로 나간다. 난 허둥지둥 은영의 입을 막는다.

"너 돌았니? 다른 사람들이 보잖아……"

손바닥이 푹 젖었다. 눈물, 콧물 범벅으로. 나나가 뭘 잘못 삼켰는지 숨넘어갈 듯 캑캑거려 입속에 손을 넣었을 때처럼.

"좀좀…… 그만해라, 뚝 그치라고. 이 청승아, 돌대가리야, 내가 있잖아. 내가…… 내가 도와줄게. 진짜, 진짜……"

난 손으로 가슴을 탁탁 두드리며 큰소리치지만, 뭔가 걸린 듯 두드릴수록 가슴이 더 답답하다. 진짜로 나도 은영과 마찬가지로 선균을 찾고 싶다. 그 이유는 서로 확연히 다르지만…… 저 친구가 아기를 낳는다면 그 아기를 내가 좋아할 수 있을까? 아니, 그 이전에 선균을 찾는다면 어떻게 할 것인가?

"우리 기분 전환하러 가자. 내가 퇴원한 날이니까 모두들 내 소원을 들어줄 수 있지?"

"소원이 뭔데?"

얼룩덜룩 눈물이 가시지 않은 얼굴에 방그레 미소를 띠며 은영이 묻는다.

"드라이브."

"고작 그거?"

"응, 그게 다야."

"저기, 공주님들! 이제 어디로 모실까요?"

지현이 웃는다. 웃으며 말하지만 뒤통수 한 대 맞은 것처럼 멍해 보인다.

"이렇게 오래 치과 비워도 돼요?"

내가 묻는다.

"응, 오늘은 휴진! 세미나 간다고 문에 써 붙여놓았거든."

"평소에도 거짓말 잘하죠?"

"아니, 전혀. 하지만 너를 위해서라면……"

"왝!"

뒷자리에서 둘이 한꺼번에 왝왝거린다. 어떤 표정을 짓고 있을지 안 봐도 알겠군. 실은 나도 구토 증세……

"거짓말 그만하고 빨리 출발해요!"

은영이 다그치듯 말한다.

"하하하, 어디로 가고 싶은지 말씀하셔야 기사가 출발할 거 아닙니까?"

"여기서 최대한 벗어나보자. 부산에 있지만 가보기 어려운 데가 태종대라던데, 거기 가면 어떨까?"

솔이 평소에 생각해왔다는 듯이 제안한다.

"거긴 영도잖아……"

내 입에서 무심코 영도라는 지명이 튀어나왔다.

"왜? 영도면 안 되니?"

"아, 아니…… 네가 내 머릿속을 꿰뚫은 거 같아서."

"그랬어? 너도 거기 가고 싶었구나? 히힛, 간만에 텔레파시

통했다."

오늘 처음으로 솔이 웃는다. 예쁘다.

"아 참! 솔아, 너 오후에 수업 있다지 않았어?"

"4, 5교시 생화학 실습인데 벌써 늦었어. 하는 수 없잖아. 신경 쓰지 마."

"그것 때문에 계속 너답지 않게 그리 저기압이었니?"

"아냐, 이것저것 머리 아픈 일이 많아서……"

"뭔데?"

"학과 공부도 힘에 부치고 총여학생회도 해체 위기고 학내 분위기도 어수선한데…… 또 어떤 선배는 노래패에 들어오라고 만날 찾아와…… 그중에서 제일 골치 아픈 건…… 바로 너! 정여울. 그다음은 이 임산부."

솔이 자기를 손가락으로 가리키자 은영이 펄쩍 뛴다.

"야, 내가 뭘 어쨌다고 그래? 여울이 쟨 완전 골칫덩어리, 사고뭉치지만……"

은영이 계속 떠든다.

"그런데 너희들 그 얘기 알아? 태종대 자살 바위로 죽으러 오는 사람들이 워낙 많으니까, 구청에서 자살을 방지하려고 표지판을 세웠대."

"표지판에 뭐라고 써놓은 거예요?"

지현도 거든다.

"여러분! 다시 한번 생각해봅시다."

"피, 시시해……"
난 자꾸 눈이 감겨서 짧게 말한다.
"내 말 들어보라니까, 엄청 웃겨! 하루는 어떤 사람이 죽으려고 자살 바위에 서 있었대. 그런데 낭떠러지니까 너무 무섭잖아. 바다에 폭풍도 쳤을 거야. 그래서 그냥 뒤돌아서서 걸어 나오다가 그 표지판을 보았대. '다시 한번 생각해봅시다.' 그래서 다시 한번 생각하고 용기 내서 죽었대."
"하하하."
지현이 웃기 시작한다. 지현만 웃는다. 나를 쳐다보기에 나도 픽 웃어준다.
"그럼, 태종대를 향해 신나게 달려보겠습니다."
지현이 음악을 틀고 운전대를 힘차게 쥔다. 아아아, 기타 소리가 내 안으로 스며들어와 나를 가루가 되도록 흩어놓는다.

Hey Jude, don't make it bad
Take a sad song and make it better
Remember to let her into your heart
Then you can start to make it better

누군가 침대 머리맡에 펼쳐둔 책이 그 사람의 상태를 말해주고, 누군가 즐겨 듣는 음악이 그 사람의 상태를 말해준다. 그 사람의 심정, 관심, 취향, 뭐 이런 거…… 이런 내 생각이 틀리지 않다면 지현은 지금 단순하고 보편적인 삶을 꿈꾸고 있는 것 같다. 아니, 원래 그런 사람일지 모른다. 대부분의 사람들이 좋아하는 음악을 들으며 공감하고 감동한다는 거. 나 또한 그렇게 살고 싶다. 평범하게 아름답게. 그리고 지현은 이 노랫말처럼 '그녀'를 받아들이는 것을 두려워하고 있나보다. 그녀가 나일까? 나라면? 그래, 침착한 척하는 것이 얼마나 바보 같은지 자책하고 있을지 모른다.

현우한테도 내가 '그녀'였을까? 현우와 그렇게까지 서먹해지기 전에 우리는 함께 비틀스를 듣곤 했다. 중학교 다닐 때였을 것이다. 〈Hey Jude〉, 이 노래는 그 애가 가장 자신 있게 부르는 노래였고 특히 지금 흘러나오는 바로 이 부분, "Better better better better better, oh." 악쓰는 시늉을 하면서 질끈 눈 감고 팔을 흔들었다. 내향적인 그였기에 그런 작은 모션, 혹은 헤드폰 끼고 음악을 크게 듣거나 하는 정도가 자신의 격정을 최대치로 표출하는 방식이었던 것 같다. 내가 폴 매카트니보다 존 레논이 좋다고 하면 자기도 그럴 때가 있다고 말해주었다. 우리는 드물게 의견이 맞았다. 그때쯤 그 애 소원을 들어주었어야 했다. 만약 그랬다면 그 앤 아직 살아 있을까?

내 동생 현우, 동생이라니…… 오늘따라 그 애가 자꾸 떠오른다. 내게 살고 싶은 욕구가 발생할 때, 맛난 거 먹을 때, 어디론가 떠나려 할 때 더더욱 그런 것 같다. 아니, 솔직히 시도 때도 없다. 갈수록 심해지고 때때로 지민 선배와 겹쳐서 동시에 혹은 번갈아 나타난다. 내가 그들을 죽인 것 같다. 난 살인자다. 그것도 작년에 한꺼번에 두 사람이나 죽인.
 헤이, 헤이, 정여울! 그러고도 네가 살아 있을 자격이 있다고 생각하나? 어림도 없지. 설마 행복을 넘보는 건 아니겠지?

플라스틱 피시

 두 갈래 길이 있다. 우리는 어느 쪽으로 갈까를 두고 망설였다. 왼쪽 길은 드문드문 가로수가 있는 산책로이다. 목련꽃 봉오리 솜털이 보송하고, 붉은 동백꽃도 간간이 보인다. 오른쪽으로 난 길은 멀리 광대한 바다가 보인다. 둘씩 흩어져서 걸어보자는 색다른 의견도 있었지만, 끝까지 가면 결국에는 이 지점으로 되돌아오는 순환도로라고 했다. 우리는 천천히 바다 쪽을 향해 걷기 시작했다. 조깅하는 사람 몇 명이 눈에 띈다. 노란색에 검정 줄이 들어간 찰싹 달라붙는 운동복을 입은 아저씨가 뛰면서 계속해서 우리를 쳐다본다.
 "자기가 뭐 이소룡이라도 되나? 저따위 추리닝을 입고…… 뭘 자꾸 빤히 봐?"
 은영이 중얼거린다.
 오른쪽 다리를 절룩이는 나, 왼다리를 저는 솔, 나나를 연상시키는 초콜릿색 코르덴 원피스에 배를 쑥 내밀고 걷는 은영, 그들과 나란히 걸어가는 말쑥한 차림의 청년. 누가 봐도 이상한 조합일 것 같기도 하다. 머리가 묵직한 게 담배 한 대 피우고 싶다.

"먼저 가고 있어. 나 얼른 담배 사올게."

내가 뒤로 돌아서기 무섭게 지현이 손을 저으며 말한다.

"멀어서 안 돼. 매표소 옆에 가게가 있던데…… 참아보지그래, 건강도 좋지 않고……"

"아뇨, 피울래요."

"알았어, 알았어. 내가 사올게."

지현이 뛰어가는 뒷모습을 바라보던 솔이 말한다.

"저 아저씨는 네가 말을 하면 그렇게 하게 되어 있으면서도 항상 머뭇거려."

"무슨 소리니?"

나한테는 비꼬는 소리처럼 들린다.

"어때? 죽다가 다시 살아난 기분이?"

솔은 딴소리다.

"피곤해."

내 안색을 보면서 솔은 움푹 들어간 자리를 가리킨다.

"앉자, 저기 가서."

나는 작은 공터로 가서 비석을 받치고 있는 대리석에 걸터앉는다. 우리 기척에 놀라 다람쥐가 잽싸게 달아난다. 엉덩이가 시려 솔을 내 무릎 위에 앉히려고 했으나 저 앤 맞은편 돌 위에 앉는다.

"오늘 밤에 저 아저씨 집에 갈 거야? 너 그 집에서 살 거냐고?"
이 시간을 기다렸다는 듯이 솔은 질문을 쏟아놓는다.
"몰라."
"둘이 사귀기로 했어? 이젠 서로 말도 반쯤 놓더라. 너 그 사람이랑 동거할 거야?"
"몰라, 모르면서 맘대로 말하지 말아줘."
"그럼, 뭔데? 네가 그 집에 갈 거 아니면 왜 그 사람이 그걸 사겠니?"
"뭐?"
"아까 점심 먹은 식당에서 사골 국물 얼린 거 여러 팩 사더라. 그거 뼈에 좋은 거잖아…… 너 먹이려고 그랬겠지."
"난 몰랐어."
"넌 지금 모른다, 모른다고 하는데, 그런 태도 나빠. 주관도 없고 건강성도 없어 보여. 나도 네가 너무 힘들었고 지금도 힘든 거 알아. 그렇다고 못 이기는 척 슬며시 그 사람 신발 바닥에 붙은 껌 딱지처럼 그 사람이 가는 대로 따라갈 거니?"
"듣자 듣자 하니까 너 말이 좀 심하다. 내가 그렇게 우스워?"
내가 발끈해서 일어서는데, 이런 대화에 관심 없는지 깔깔대며 이리저리 뛰어다니던 은영이 우리를 말린다.
"워워, 얘들아, 대학생 친구들아, 옥신각신하지 마라. 싸우려면 머리 쥐어뜯고 싸우든가……"
은영은 또 뭐가 좋은지 진달래를 꺾어 머리에 꽂고 깔깔거리다가 비석 앞에 선다. 일순간 웃음소리가 사라졌다.
 "1970년 12월 24일 육군 제1203 건설공병단 장병 4명이 태종대 순환도로를 만들기 위해 가파른 절벽에서 발파작업을 하다가 사망했다고 쓰여 있네. 아, 씨바, 심했다. 크리스마스이브에 군인들을 빡세게 돌렸나본데……"
 은영이 저리 씩씩대는 이유가 제 동생이 군대에 갔기 때문만은 아닌 것 같다.
 "여기!"
 지현이 돌아왔다. 그가 내민 담뱃갑을 뜯었지만 여기서 피우긴 좀 민망하다. 죽은 군인의 혼령들이 내 담배연기로 괴로울지 모르니…… 호주머니에 넣으려다가 잠시 잊고 있던 편지를 발견했다.
 "이것 좀 읽어봐."
 내가 솔에게 방패연 모양으로 접은 종이 한 장을 건넨다.
 "뭐니? 나한테 쓴 거니? 여기서 읽어?"
 "아니, 전망대에 가서. 아까 입구에 안내지도를 봤는데…… 좀더 가면 전망대도 있고 커피숍도 있을 거야. 거기로 가자."
 해안도로를 걷는 일은 영화처럼 낭만적이지 않다. 으슬으슬 추워서 어깨가 자꾸 움츠러든다. 지현이 슬며시 다가와 내 손을 끌어 자기 주머니에 넣는다. 감색 재킷의 촉감이 부드럽고 매끄럽다. 주머니 속에 꿈틀, 말랑하고 따뜻하고 자그마한 뭔가가 잡힌다.

"엇! 징그러워."

얼른 손을 뺀다. 지현이 만면에 미소를 띤 채 주머니 속에서 그것을 꺼낸다. 짙은 오렌지색 금붕어다.

"이거…… 물고기야?"

"슈퍼 앞에서 팔기에 귀여워서 샀어. 이 물고기가 살아나서 헤엄칠 수 있을 때까지 네 곁에 있을게."

생뚱맞게도 지현은 사랑 고백을 하는 소년처럼 얼굴이 새빨개진다.

"둘이 뭐해?"

은영이 내 손에 든 걸 낚아채서는 조물락거리다가 머리 높이 던지며 말한다.

"이거 플라스틱 물고기잖아. 신기하긴 하다. 그래도 차라리 황금잉어빵을 사오지 그랬어요?"

지현이 물고기를 뺏으려고 펄쩍펄쩍 뛴다.

"그거 돌려주면 황금잉어빵인지 뭔지 사올게요. 제과점에서 팔아요?"

"무식하기는…… 부자로만 살아서 황금잉어빵이 풀빵인지도 모르면서."

은영은 나한테 날름 혀를 내밀고 쪼르르 달려간다. 뒤축이 망가진 앵클부츠를 신고. 그 뒤를 지현이 쫓아간다. 저 사람은 내가 왜 좋을까? 동화 속을 사는 건 아닐까? 플라스틱 물고기가 헤엄치고 장난감 병정이 코끼리와 악수하는. 자기가 불쌍한 공주를 구출하는 백마 탄 왕자라도 된 줄 아나? 끼룩끼룩 갈매기는 울고 바다는 잠잠하다. 난 지느러미도 꼬리도 망가진 상한 물고기라서, 저 남자의 수족관에서 하루를 보낼 각오를 했다. 바로 오늘 밤.

크로스워드 퍼즐

 전망대다. 아무 전망 없는 인생처럼 은영은 어안이 벙벙해서 하늘을 본다. 솔은 망원경에 동전을 넣고 렌즈에 바짝 눈을 갖다 댔다. 바다와 구름밖에 안 보일 텐데…… 저 애는 늘 눈에 안 보이는 것에 관심이 많지. 난 하릴없이 서성이다 전망대 한가운데 자리잡은 커다란 석고상을 본다. 관광객의 손때가 잔뜩 묻은 어머니가 어린아이를 안고 있는 형상이다. 표정을 짐작하기 어렵고 전혀 섬세하지 않다. 아니면 긴 시간의 벌레가 눈동자와 코, 목덜미, 손가락 같은 데를 야금야금 갉아먹었을지 모른다. 이상한 기시감이다. 오래전에 여기 와서 이 모자상을 본 것 같다. 아니, 분명히 봤다. 하지만 태종대는 난생처음 왔는데…… 그렇다고 내가 미켈란젤로나 피에타에 대한 집착 때문에 화집을 끼고 살아서 헷갈리는 것도 아니지 않은가? 더구나 저 여인상은 마리아도 아니고 저 소년상도 예수와 판이하다. 그럼, 나는 이것과 똑같은 조각을 언제 어디서 보았을까?

우리는 등대 커피숍을 가리키는 화살표를 따라갔다. 나선형의 계단을 지나 지하로 내려간다. 옛날 다방이 이랬을 거다. 침침한 조명에 미니스커트 입은 종업원. 트로트가 흘러나온다.

"망고주스 돼요?"

"주스는 오렌지주스밖에 없어요."

은영만 주스를 시키고 우리 셋은 코코아를 주문했다.

"솔아, 편지 읽어볼래? 다 들을 수 있게…… 어젯밤에 원장님이 주신 거야."

내가 꼬깃꼬깃 접어두었던 종이를 펼치자 솔은 노래하듯 읽어 나간다.

사랑스러운 여울!

일주일간 고생 많았지? 내일이면 퇴원이구나. 회복이 빨라 정말 다행이다. 잊지 말고 매주 수요일에 여기 와서 검사를 받고 약도 타가도록 해라. 윤과장한테 말해두었으니까 어려운 일이 있으면 그분한테 상의하고 필요하다면 물리치료도 받도록 하렴. 평소에 걷기 운동을 꾸준히 하면 금방 깁스가 필요 없게 될 거다.

나는 내일 오후 비행기로 이탈리아 베로나에 가야 한단다. 지현이 아빠가 많이 아프다는구나. 증상을 들어보니 위암 같은데 워낙 무딘 양반이라 병원도 안 가고 버티는 것 같아. 지현이는 며칠 있다가 출국하겠다고 버텨서 그러라고 했다. 지현이가 너를 많이 좋아하는 것 같은데, 너 역시 그런지 모르겠구나. 당분간 우리 집에서 지내는 것도 나쁘지 않다고 생각한다. 난 너희들을 믿는다.

여울아! 너는 내 딸과 같다. 네가 태어나던 순간에 나도 그 자리에 있었단다. 너는 네 엄마 뱃속에서 열 달을 다 못 채우고 난산 끝에 태어났어. 내가 널 안고 어르기도 했단다. 넌 울보였거든. 그럼에도 불구하고 난 너를 애써 찾지 않았고 나에게 온 너를 단번에 알아보지 못했구나. 미안하다. 하지만 너는 부모가 애지중지 키운 아이보다 훨씬 우아하고 강인하게 잘 자랐더구나. 너를 지켜주는 보이지 않는 힘이나 존재가 있었던 것 같다. 네 엄마가 항상 말하는 기도의 힘으로밖에 설명할 수 없는 건지, 난 그 비밀에 대해서는 잘 알지 못한다.

네 엄마와 나는 중학교, 고등학교 시절 단짝이었단다. 네 엄마는 마산에서 제일 영민하고 예쁜 여학생 중 한 명이었을 거야. 우리가 시내를 지나가면 사람들이 다들 쳐다보았단다. 다 지난 얘기지. 난 서울의 대학으로 진학했지만, 집안 형편이 어려웠던 네 엄마는 그럴 수 없었단다. 우리 집에서 등록금을 빌려주겠다고 했지만 네 외할아버지의 만류와 고집을 못 이겨 고향에 남아 집안일을 도왔단다. 얼마 후 네 외할아버지는 배를 타고 나갔다가 돌아오지 않으셨지만 말이다. 나는 네 엄마가 자신의 부친과 남편에 의해 희생당한 사람이라고 생각하지 않는다. 지금 네 엄마는 누구보다 행복하게 살고 있단다. 자신의 인생이 맘에 든다고 말한 바 있다. 하긴 나도 재작년 크리스마스에 만난 후, 여태 그 얼굴을 보지 못했지만 무소식이 희소식이라고 생각하며 산다. 나의 가장 친한 친구이자 너를 낳은 엄마는 자존심이 강하고 특별한 사람이라 자기가 먼저 나한테 연락하는 법이 없구나. 그것만 빼면 단점이라곤 찾아볼 수 없단다. 그래서 기적처럼 너를 만난 얘기, 입원한 얘기, 내 아들과 사귀는 얘기 등을 아직 전하지 못했다. 이런저런 사정을 듣는다면 어떤 반응을 보일지 못내 궁금하지만 조금 조심스러워지는구나.

너와 마주 보며 말해주고 싶다만, 차마 입이 안 떨어져 이렇게 글로 썼다. 해주고 싶은 말은 많다만 눈물이 나서 몇 군데 글씨가 번져버렸구나. 네가 이해해다오. 그럼, 자세한 이야기는 네 엄마를 만나서 직접 듣도록 하려무나. 아래에다가 주소를 적어두마.

사랑한다.

추신: 부산시 영도구 신선동 산58의 4번지. 강진애.

—1988년 3월 5일. 김인자 씀.

솔이 편지를 소리 내어 읽고 난 후, 한참 동안 아무도 말을 하지 않는다. 단지 질 나쁜 스피커만이 쥐가 천장 갉아대는 소리에 섞인 옛날 노래를 내보낸다. "인생은 나그네 길 구름이 흘러가듯 정처없이 흘러서 간다. 인생은 벌거숭이, 빈손으로 왔다가……" 어디서 들었더라? 아버지란 작자가 술 취하면 처량해져서 부르던 노랜가? 아, 모르겠다.

"……음, 놀라울 따름이다. 어떻게 이런 인연이 가능할 수 있지?"

솔은 턱을 괴고 나한테 묻는 건지 자신한테 묻는 건지 모를 소리를 중얼거린다.

"나도 믿기지 않아."

내 목소리가 기어들어간다.

"영도구면 이 동네잖아…… 그래서 엄마 찾아갈 거니?"

솔이 계속 말한다.

"아니, 몰라."

"뭘 몰라? 너 그때 계단을 구르면서 머리 다친 거 맞지? 왜 만날 몰라, 몰라 그러니?"

"모르겠는데 어쩌라고? 모르는데 알겠다고 말해야 돼?"

"한 번도 못 만났어?"

"누구?"

"누구긴 누구야, 네 엄마지."

"응. 얼굴도 기억 안 나. 그리고 그 사람이 엄마가 아닐지 몰라."

"뭐?"

"우리 엄마 이름이 아냐."

"뭐라고?"

솔과 나의 대화를 옆에서 듣고만 있던 은영과 지현은 아직 아무 말이 없다.

"우리 엄마 이름은 정옥이야. 강정옥, 그 정도는 나도 정확하게 알거든."

"그럼, 김인자 원장 선생님이 헛다리 짚은 거니? 완전 착각한 거야?"

"그러게……"

"아, 제기랄! 뭔 소린지 어떻게 돌아가는 스토린지 하나도 모르겠다. 이리 줘봐."

은영은 탁자 위에 놓인 편지를 집어 제 앞에 놓고 우물우물 다시 읽는다.

"에에…… 저는 말이에요. 그 강진애라는 분, 여울이 어머니가 틀림없다고 생각해요. 우리 엄마가 그렇게 경솔한 사람이 아닐 뿐만 아니라 어젯밤에 엄마와 나눈 이야기도 있고요. 보통 사람 이름이란 자신이 원하는 걸로 지어진 게 아니잖아요. 그래서 자기 자신이 변화했거나 새롭게 인식되었을 때 자기 스스로 다른 이름을 짓기도 해요. 보십시오, 김소월도 원래는 김정식이었고 이육사라는 이름도 본명이 아니잖습니까? 국어 교과서에 나오잖아요. 즉, 그러므로 여울의 어머니도 개명했을 거라는 말이죠."

지현은 교사 말투로 우리 얼굴을 차례차례 보며 말한다.

"추측이에요? 아니면 아저씨네 엄마한테 들은 말이에요?"

솔이 묻는다.

"나도 이 편지를 지금 봤어요. 엄마가 여울의 엄마와 친구라는 것도 어젯밤에야 알게 되었고요. 왜 여울한테 유난스레 대했는지도 어젯밤에 알게 되었죠. 그래서 그분 이름이 어떻고 하는 그런 얘기는 할 기회가 없었어요. 그러니까 아는 바가 거의 없다는 얘기죠. 게다가 엄마는 나한테 자기 얘기 거의 안 해요. 하루 한 끼도 같이 먹기 힘든걸요."
 우리는 지하실에 감금된 사람처럼 암울한 표정들이다. 미로처럼 꼬인 크로스워드 퍼즐을 풀어야만 탈출할 수 있다는 듯이 비장한 얼굴들이다. 이런 상황을 원치 않았지만 나 혼자서는 어떤 일도 결정할 수 없었다. 어젯밤 꼬박 문제에 골똘히 사로잡혀 있었지만 머릿속에 벌레가 우글거리는 것처럼 욱신거렸다.
 짝짝짝, 갑자기 은영이 손뼉을 치며 말한다.
 "다들 진정하시고…… 뭐가 그리 복잡해. 지금 당장 찾아가서 확인하면 간단하잖아. 엄마 찾아 3만 리 달려야 하는 것도 아니고, 바로 코앞이잖아. 여기 떡하니 주소도 있겠다……"
 확실히 은영은 달라졌다. 더이상 인스턴트 파라다이스 주방에 숨어 안주나 훔쳐 먹던 계집애가 아니다. 여자가 생명체를 품으면 저렇게 변하나? 아니면…… 솔이 쟤한테 무슨 교육을 시킨 거야?
 "그러면 되겠네."
 솔도 맞장구치며 자리를 털고 일어선다. 모두 덩달아 일어난다. 지현이 졸고 있는 종업원을 깨워 돈을 지불하는 걸 보다가 나는 뭉그적뭉그적 계단을 오른다.

스페어타이어

서쪽 하늘에 저녁놀이 번진다. 솔의 눈 흰자위도 저리 불그스레하다. 차를 세워둔 무료 주차장까지는 한참 아득하다. 또 바닷바람은 얼마나 차가운지…… '바람이 분다, 살아야겠다'는 취소다. 뭐, 아침의 생각을 굳이 저녁까지 가져가야 하나? 바람이 불어서 눈물이 난다. 바람이 불어서 동백꽃이 모가지째 떨어진다.

"히터 좀 틀어줘요. 뭐가 이래? 겨울도 지났는데 이렇게 춥다니."

"그래서 이런 속담이 있잖아요. 춘삼월에 중늙은이 얼어 죽는다."

지현은 지금처럼 늘 옳은 말만 하는데 어쩐지 그게 좀 거슬릴 때가 있다. 뒷자리에 앉길 잘했다. 지금 이렇게 솔과 나란히 앉자 온종일 내 마음에 소란스러웠던 파도가 조금 누그러지는 것 같다. 10분쯤 달렸을까?

"차에 문제가 생겼나? 잠깐만요."

지현이 갓길에 정차한 후 나가서 보닛을 열고 들여다본다. 고개를 갸우뚱하며 차 주위를 돌아본다. 발로 바퀴를 차는지 텅텅 소리가 울린다.

"츱츱…… 이거 어쩌지? 타이어 펑크 난 것 같은데……"

"스페어타이어 없어요?"

솔이 묻는다.

"있긴 한데…… 갈아 끼울 줄 몰라서요. 근처에 카센터가 있겠죠? 거기 가서 타이어 갈아 끼우는 사이 신선동 산58번지가 어딘지 물어보기로 하죠."

"근데 제가 하면 안 될까요? 나도 타이어 갈아 끼울 수 있는데……"

"예?"

"염려 마세요. 전에도 해봤으니까. 나도 면허증 있어요. 장애인 운전면허증이긴 하지만…… 호호, 트럭도 몰고 경운기도 몰아봤다니까요."

신기한 구경거리를 만난 양 은영과 나도 쪼르르 내려서 바퀴 앞에 쪼그려 앉는다.

솔과 지현은 트렁크에서 새 타이어와 공구함을 꺼내온다. 공구함에서 렌치니 하는 몇 가지 물건을 꺼내고 새 타이어를 펑크 난 타이어 쪽에 바싹 붙여놓는다. 차 아랫부분 이음새에 잭을 맞추고 차를 살살 들어올린다. 헌 타이어를 떼어낼 때는 지현이 도왔고, 솔은 금방 새 타이어를 장착한 후 너트를 조여주면서 끝냈다.

"나 말이지…… 거기 안 갈래."

난 기름 묻은 솔의 손을 잡으며 말한다.

"그러든가."

솔이 그럴 줄 알았다는 듯이 대꾸한다.

"아니, 왜?"

뒤돌아보니 은영이 눈을 흘긴다.

"그냥, 학교 앞으로 가주세요."

난 지현을 향해 소리 높여 말한다.

"다들 들어. 난 그분이 내 엄마든 누구든 관심 없어. 만에 하나, 내 생모라고 해도 한 번도 날 찾지 않았잖아. 자기가 죽은 것도 아니고 외국에 살고 있는 것도 아니면서…… 게다가 나 없이도 행복한 사람을 내가 왜 부득부득 찾아가겠니? 그렇게 생각하지 않아?"

"무슨 말 못 할 사정이 있겠지. 내 생각에는……"

지현이 조심스레 말한다. 그의 말이 끝나기 전에 난 힘주어 말한다.

"아무도 나를 말리지 않기를 바라. 오늘은 지현씨 집에 가서 잘 거야. 이상하게 생각하지 말아줘. 너희도 알지? 난 지금 갈 데가 없어. 카페에 가겠어? 솔이 기숙사에 가겠어? 그리고 내일은 아버지를 만나야겠어. 도대체 내 출생과 관련해 무슨 일이 있었는지, 또 자기한테 내가 뭐지 말하라고 할 거야. 그사이 난 회피하기만 했어. 진실을 알게 되는 게 두려웠고 나까지 아빠를 고문하기 싫었어. 하지만 이젠 달라. 집으로 들어가서 정당하게 독립하겠다고 말할 거야."

"누가 말려?"

솔이 내 머리칼을 마구 헝클며 말한다.

"여울아! 너 너무 독종이다. 여기까지 와서 엄마를 안 만나겠다고?"

은영이 말한다.

"몰라. 버린 사람이 찾으러 올 때까지 기다릴 거야. 천년이고 만년이고……"

뒤를 흘끔거리며 지현은 아무 말 없이 운전을 한다. 아무 음악도 틀지 않았다. 어느새 거리엔 불이 켜졌다. 이렇게 멋지지도 않은 영도다리를 다시 건너게 될까? 이 다리 밑으로 가면 엄마를 만날 수 있을까?

"여울아, 여울아, 이 지지리 복 없는 가시내야! 울지 마라. 너는 영도다리 밑에서 주워왔단다. 포대기에 둘둘 말려 있는 걸 불쌍해서 이 할미가 주워왔단다. 네가 자꾸 울어 쌓고 애먹이면 도로 갖다버릴 테다."

마을 잔치에 갔다가 내가 졸리다고 집에 가자고 보챘을 때, 할머니는 날 쥐어박으며 그렇게 말씀하셨지. 부추랑 고춧가루가 묻은 이를 드러내고 고약한 입 냄새를 풍기면서. 날 굶겨놓고 자기 혼자 막걸리 마시던 저녁에도 그랬어. 학교 같은 덴 안 가도 된다고 했지. 구제불능 알코올 중독자, 꼬부랑 할멈, 세상에서 가장 서툰 거짓말쟁이.

어느새 술은 내 어깨에 기대 잠들었다. 파닥거리는 새처럼 조그만 아이. 나한테 날아와줘서 고마워. 난 이 애의 손을 내 두 손 사이에 놓는다. 작고 까칠하고 앙상하다. 괜히 눈물이 나려고 한다. 네가 나를 달리게 만드는구나. 스페어타이어처럼 깜깜하게 방치되어 있던 나를. 언제나 주연이 아닌 대역 배우 같은 나를. 솔아, 나 이제 달릴 거야. 멋대로 굴러갈 거야. 마구 마모되고 닳아간다 해도 네가 내 가까이 있었으면 좋겠어. 자전거 바퀴처럼 나란히 가자. 넌 죽지 마. 너! 나보다 빨리 죽으면, 나한테 죽어. 내 어깨가 들썩거려서인지 솔은 머리를 뒤척인다.

"으으음, 냠냠……"

꿈속에서 뭘 먹나보다. 내가 먹어본 제일 맛있는 사과. 자기 엄마가 길가에서 파는 걸 바지에 쓱쓱 문질러서.

허니 치즈 브레드 & 스틱 캔디

지현의 집이다. 앤티크한 긴 소파 아래로 카펫이 깔려 있는, 안온한 느낌을 주는 거실이다. 현관의 싱싱하고 푸른 나무와 똑같은 종류의 나무가 큰 도자기 화분에 심겨져 거실 한쪽에도 놓여 있다.

"누가 돌봐요?"

내가 나무를 만지며 묻는다. 내 손이 닿자 잎사귀가 우수수 떨어진다.

"그 나무는 저 혼자 잘 자라요. 물만 규칙적으로 주고 채광만 잘되면…… 실내 공기를 정화해준다고 엄마가 여러 개 들여놨어요."

지현은 안절부절못하고 실내화를 벗었다가 신었다가 한다.

"이거 무슨 소리예요? 고양이 키워요?"

"예? 아무 소리도 못 들었는데…… 아파트라서 애완동물 키우지 못 해요. 여기로 이사 오기 전까지는 요크셔테리어랑 푸들도 키우고 고양이도 키웠어요. 하하, 심지어 고슴도치까지…… 아빠가 워낙 동물들을 좋아하셔서……"

"나도 고양이 길렀는데…… 이름이 밀크라고…… 우리 밀크는 밀크를 잘 먹어요. 웃기죠? 민첩하고 귀엽고 독점욕이 강한 애예요. 나 없이도 지금껏 잘 살고 있을 거예요."

이게 뭔가? 난 괜히 울적해져서 이리저리 기웃댄다. 나…… 왜 여기 있지? 제 발로 기어 들어와서는 왜 이런 생각을 하지? 난 머리를 주먹으로 쿵쿵 쥐어박는다. 갤러리처럼 넓은 벽에는 가족사진이 줄줄이 걸려 있다. 지현은 그의 아버지 모습을 점차적으로 닮아가는 것 같다. 늙으면 대머리가 될 확률이 커 보인다. 사진들은 마치 그런 과정을 보여주는 것 같다. 십대 이전으로 보이는 첫번째 사진에서 그의 뺨은 통통하다. 막 체리 사탕을 먹은 애처럼 달콤한 기분에 휩싸인 얼굴로 눈은 광채로 빛나고 입술은 굉장히 빨갛다. 다음 사진에서도 예의 쌍꺼풀 없는 큰 눈이 예쁘지만 얼굴형은 조금 길어진 것 같다. 얼굴은 희다 못해 파리하다. 사람은 나이를 먹어갈수록 뭐가 좋아질까? 눈빛? 배려? 겸손? 자제력? 애국심? 나이가 들면 모든 게 용서되고 모든 게 사랑스러워지고 베풀고 싶고 자신보다 타인을 위해 자기를 버리게 되고…… 과연 그럴까? 그때 대머리 교장 선생님은 왜 그랬을까? 자기 퇴임식에서 자기한테만 차양이 드리워진 불볕 운동장에서 왜 그렇게 끝도 없이 자기 자랑을 늘어놓았을까? 그 많은 업적에 우린 별 관심 없었는데…… 1분이라도 빨리 어서 어서 교장한테 손뼉을 쳐주려고 기다리는 학생들의 마음을 모른 채 평생 교직에 몸담았던 위대한 스승의 이름을 난 기억할 수 없다. 어른이란 뭘까? 어른이 되면 어떨까? 나도 내 부모처럼 될까? 알고 싶다. 어른은 어떤 건지. 사람이 나이 들면 얼마나 좋은 인간이 될 수 있는지…… 과연 내 인생을 회고할 수 있는 노년의 단계까지 난 이 생을 버텨낼 수 있을까? 주방 쪽으로 마지막에 걸린 사진은 졸업식 기념사진이다. 지현은 고등학교를 떠나기 싫은 아이처럼 꽃다발을 들고 북적거리는 운동장에 굳은 표정으로 서 있다. 그의 부모는 지현을 사이에 두고 차라리 짓지 않았으면 더 나았을 법한 어색한 미소를 띠고 있다. 지현의 얼굴에 가느다란 그늘이 드리운 건 이때부터였을까? 이즈음 벌써 이들 부부는 이혼 아니면 별거를 생각하고 있었을까? 사람들은 왜 결혼이란 걸 할까?

"으으으, 창피하게시리 뭘 그렇게 유심히 봐요?"

"귀엽기만 한데요, 뭐."

"이거 먹어봐요."

머리를 긁적이며 지현이 하얀 접시를 내민다. 도톰하게 구운 빵 위에 희고 노란 치즈가 잔뜩 녹아 있다. 난 크게 한입 깨문다.

"와! 맛있다. 따뜻하고…… 뭐가 들어가서 이렇게 달작지근하면서 고소하고 아까시꽃 냄새 같은 게 나죠?"

난 빵을 양손으로 쥐고 우걱우걱 먹는다.

"천천히 들어요. 또 한 개 있으니까…… 그거 허니 치즈 브레드라는 건데 꿀과 치즈를 좋은 거 써야 해요. 아빠가 이탈리아에서 즐겨 만들어 드시는 거라면서 나한테 레시피를 적은 엽서를 보내주셨죠."

"진짜 자상하시다."

"자상하고 부드러운 남자예요. 우리 아빠…… 그래서인지 난 바람피운 엄마를 이해하기 어려워요. 그런 일만 없었다면 지금쯤 우리 가족은 단란하고 행복했겠죠."

"그래서 엄마를 증오해요?"

"예? 증오요? 어떻게 엄마를 증오해요. 엄마가 없었다면 난 태어날 수도 없었고…… 그랬다면 여울씨를 만나지도 못했을 텐데…… 엄마는…… 생각이 보통 사람하고 달라요. 레즈비언이라서 그런가? 아아, 아니…… 사랑이 넘쳐나는 사람이죠. 적극적이고 개방적이고 활발하고, 또…… 아이큐도 높고…… 아빠하고는 성격이 너무 달라요."

지현의 가슴속에도 응어리가 많은가보다. 이렇게 쏟아내는 걸 보면……

"아빠가 성대 수술을 하고 노래를 예전처럼 잘하지 못해 시름에 빠졌을 때, 엄마가 다른 사람과 사귀는 걸 아셨나봐요. 그래서 아빠한테 더 치명적인 상처로 작용했겠죠. 유학을 핑계로 허둥지둥 이탈리아로 가셨어요. 난……"

지현의 눈망울이 젖어 있다. 그는 말끝을 흐리며 머리를 흔든다.

"이런 얘기…… 재미없죠?"

"아니, 재밌어요."

식탁 위로 손을 뻗어 지현의 손등을 만진다.

"내 손보다 고와요……"

"여울도 자기 이야기해봐요. 집안 이야기, 부모님, 동생 이야기, 어릴 땐 어땠는지……"

"대충 알잖아요. 병실에서 매일 만나면서 다 얘기한 것 같은데……"

"하긴…… 아 참! 우리 서로 말 놓기로 했는데, 오늘부터 꼭 그럽시다. 지금부터 말 놓지 않으면 벌칙을 주기로 하죠. 어때요?"

"무슨 벌칙이요?"

"소원 한 가지 들어주기!"

"좋아요. 그럼, 지금부터 시……작!"

긴 침묵. 난 살짝 웃음을 보내고 슬며시 일어나 이 방 저 방 방문을 열어본 후 욕실을 찾아 들어갔다. 넓다. 흰 타일 벽과 바닥, 어디에도 머리칼 하나 안 보인다. 도우미가 매일 오나? 거울에 비친 내 얼굴이 어느 때보다 발그레하고 생기 있어 보인다. 손 씻고 나가려다 세면대로 다시 와 입안을 헹군다. 소파에 앉으니 뻐꾸기가 벽시계에서 튀어나와 열한 번 노래한다. 지현이 먼저 입을 연다.

"피곤하지? 하하하."

너무 우습다는 듯 그의 웃음이 멈추지 않는다. 다시.

"여울아, 너무 피곤하지? 병원에서 나오자마자 강행군이네……"

"아니, 재밌었어…… 지현아…… 너, 나하고 몇 살 차이냐? 진짜로 내가 반말하는 게 더 좋아?"

"응, 너무 좋아. 그리고 우린…… 열 살 차이."

"예에? 열 살이라고요?"

"우와아…… 벌칙!"

"뭐?"

"방금 '예? 열 살 차이라고요?' 그랬잖아."

"아니, 놀라서…… 아홉 살 차이라고 했잖아요. 아니, 했잖아. 지현씨, 정말로 몇 살이야?"

"난 올해 서른!"

"그렇지? 완전 늙은 아저씨네…… 난 스물하나. 그러니까 나랑 아홉 살 차이잖아. 왜 거짓말해?"

"흐흐, 일부러 그랬지. 네가 당황하면 높임말 쓸 줄 알았거든."

"뭐야? 우쒸…… 반칙이잖아. 그러니까 무효야, 무효! 다시해, 지금부터 다시!"

"반칙은 무슨 반칙? 무효는 없어. 벌칙 알지? 얼른 내 소원 하나 들어줘."

"……"

"내 소원은……"

"쉬운 거 아니면 안 해!"

"내 소원은 통일! 하하하 농담. 내 소원은 키스!"

"그래? 정말? 바꾸기 없기다…… 키스는 전에도 했잖아…… 좋아! 이리 와."

지현이 내 옆으로 당겨 앉는다. 내 입술을 그의 입술에 포갠다. 그의 가슴은 무섭게 뛰는 게 느껴지는데 난 왜 이리 무덤덤할까? 벌칙으로 해서 이런가? 그가 내 등을 안고 소파 위에 눕는다. 난 그의 몸 위에서 입술을 오래 맞춘다. 그의 혀가 내 입속으로 들어온다. 벌꿀 냄새에 치즈 맛까지 섞인 침이 전달된다. 난 몸을 일으킨다.

"잘래?"

"응."

"먼저…… 씻어…… 욕조에 물 받아줄까?"

지현이 일어나 약간 비틀거리면서 욕실로 간다. 물 흐르는 소리가 들리고 잠시 후에 그가 나온다.

"지현씨, 괜찮아? 몸이 안 좋아 보이네."

"아니, 좀 긴장돼."

"뭐?"

"너랑 둘이 잘 거잖아. 아침에 눈 뜨면 네가 내 옆에 있을 거고……긴장되고 떨린다. 이게 꿈인가 싶기도 하고…… 넌 안 그래?"

"별로…… 그냥 그래…… 편하고 좋아. 병실이 아니면 어디든지 좋을 거야."

"너? 너 참 이상하다. 어떻게 남자랑 단둘이 있는데, 안 떨릴 수가 있니?"

"나도 내가 신기해, 헤헷."

"너…… 남자하고 자봤어?"

"왜?"

"아니. 자봤냐고?"

"글쎄…… 그러는 지현씨는?"

"나? 난 아직 총각이야. 숫총각."

"그걸 자랑스레 말하네…… 너도 순결에 목숨 걸었어? 내가 아는 어떤 여자애들은 순결을 잃으면 인생을 망쳤다고 생각해. 순결이라는 단어도 웃기지만…… 처녀막이 파열되면 순결하지 않은 거니? 만약 강제추행이나 성폭행당하면 걔는 죽어도 좋은 죄인일까? 만약 내게 그런 일이 생긴다면…… 그건 사고잖아. 큰 범죄고…… 난 죽지 않아. 끝까지 그자를 찾아 응당한 처벌을 받게 할 거야. 성폭행을 당한 건 자기 잘못이 아니잖아. 쉬쉬할 일이 아니란 거지. 이건 좀 다른 얘긴데…… 애인하고도 그래. 키스하는 거, 만지는 것까지는 괜찮고 섹스는 안 되고 비밀스러운 거고…… 그런 거야? 그래서 숫처녀, 숫총각으로 내숭 떨어야 하니? 나는 잘 모르겠어. 자기 행동에 책임질 수 있다면…… 모르겠어. 난 요즘…… 내 주위에 위험이 도사리고 있는 것 같아. 지뢰밭을 걷는 기분이거든. 아까 병원 입구에 있는 사람들 봤어? 그 사람들이 날 노리는 것 같았어. 선균이 일당일지도 몰라. 나라고…… 언제 불시에 당하지 말란 법 있어? 나는, 난…… 순결 같은 거 빼앗기기 이전에 내가 선택해서 빨리 버리고 싶어……"

나는 그 교장이, 퇴임식을 맞은 그 교장 선생이 자기 말을 끊지 못하고 자기 말에 도취된 정신병자처럼 떠들어댄 것을 혐오했다. 하지만 지금 나도 똑같은 짓을 했다. 미워하면서 배운다는 말이 이거구나.

"여울! 왜 그렇게 흥분했어? 흥분하니까 목소리도 커지고 말도 잘하네…… 이거 원, 섬뜩하기까지 한데……"

"병원 침대에 누워 매일매일 생각했던 거야."

"선균의 일, 그날 일은 잊어버려. 아무 일 없을 거야. 내가 지켜줄게. 까맣게 잊어버리고…… 용서할 수 있으면 더 좋을 텐데…… 은영씨 뱃속에 그 사람 애가 있잖아. 곧 은영씨 남편이 될 수도 있고…… 네 친구의 인생도 생각해야지."

"……"

"알겠어?"

"……"

"울어?"

지현이 토닥토닥 내 어깨를 두드리자 참았던 울음이 그만 터져버린다. 너무너무 서럽다. 목 놓아 울어버린다. 울어도 울어도 눈물이 자꾸 나온다. 지민 선배가 죽은 이후로 가장 오래 가장 크게 울었던 것 같다. 껴안고 있던 쿠션이 흠뻑 젖었다.

"이제 후련해? 좀 괜찮지? 네 맘 알아…… 씻고 푹 자라."

지현이 내 어깨를 보듬고 욕실로 간다. 욕조에 물이 넘쳐 바닥 전체가 흥건하다. 비누를 풀어놓았는지 욕조는 거품으로 풍성하게 부글부글하고 바닥은 미끌미끌하다. 거울엔 김이 서려 온통 뿌윰하다. 우리는 맨발이다. 지현이 물에 손을 담가 온도를 가늠해본다. 천천히 걸어와 등뒤에서 나를 안는다. 조심스레 청재킷을 벗기고 황금색 해골이 그려진 티셔츠를 벗긴다. 브래지어를 푼다. 나는 양손으로 가슴을 가린다.

"바지는 네가 벗어. 나 더는 못하겠다…… 더운물에 몸 담그고 있으면 기분이 나아질 거야…… 나도 기분 안 좋을 때마다 그렇게 해."

지현이 나가려 한다.

"같이 들어가자. 욕조가 커서 둘이 들어가고도 남겠는데…… 그렇게 하자, 응?"

내가 비음을 섞어 말한다.

"안 돼……"

"왜?"

"아무튼."

"내 말 흉내 내지 말고……"

"왜 안 돼?"

"그렇게 하면 성관계를 하고 싶을 거야. 결혼 전까지는 지키고 싶어."

"지현씨! 나하고 결혼하고 싶어?"

"그래, 네가 그래준다면…… 지난달에 자기가 살던 그 방 문 앞에 빨간 장미꽃 백 송이 갖다놓았는데 못 봤어? 쪽지하고 같이. 아무 반응이 없기에 무시당하는 기분이었어."

"아! 그거? 보내는 사람이 누군지 밝히지도 않고 갖다놓으면 어떡해? 난 또 잘못 배달 온 건 줄 알고……"

"이름을 쓰지 않아도 넌 나라는 걸 알 줄 알았어."

"참 나…… 넌 왜 계속 내 등 뒤에 숨어서 말해? 왜 내 몸을 똑바로 못 봐?"

나는 홱 돌아선다. 지현이 욕실 문을 쾅 닫고 나간다. 너무너무 아쉽다. 남자의 벗은 몸을 실제로 볼 수 있는 절호의 기회였는데…… 명화 속의 남자처럼 멋진지, 다비드 조각상처럼 근육이 좋은지 보고 싶었는데…… 내가 원하는 사람에게 내 몸을 보여주고 싶었는데…… 난 이 거추장스러운 순결인지 뭔지를 그와 나누고 싶었다. 그는 금욕주의자이거나 저능아가 아닐까? 나를 경멸하는 걸까? 아아, 몰라…… 하는 수 없다. 때때로 밀크도 나나도…… 그 뭐더라? 미국에서 수입한 그 회사 사료……

몰라, 아무튼 걔들도 먹기 싫은 사료는 거들떠보지도 않았잖아……

손바닥에다 거품을 묻혀 훅훅 분다. 물 안에 얼굴을 집어넣었다가 숨을 참아본다. 아, 향긋하고 화사한 냄새. 물이 내 몸을 감싸는 감촉이 너무 좋다. 엎드려서 물 위에 뜨는 연습을 한다.

문이 빼꼼 열리더니 지현이 큰 타월로 온몸을 친친 감고 들어온다. 휙, 욕조에 뭘 던진다. 아까 태종대에서 산 플라스틱 물고기다. 금붕어보다 크고 못생긴 녀석이 내 젖가슴 사이를 헤엄친다. 아, 간지러워……

"여울, 잘 들어. 그리고 약속해. 꼭꼭! 오늘 절대 성관계는 없어. 절대로. 너도 자제하리라 믿는다."

"키득키득…… 여자, 남자 대사가 바뀐 것 같아. 진짜 웃긴다. 잘됐어, 나도 실은 엄청 겁났거든…… 이리 들어와. 알았어, 알았어. 안 볼게. 눈 감는다고!"

"욕실에서 나가면 넌 내 방으로 난 엄마 방으로 가는 거야. 네가 잘 수 있게 침대도 잘 정돈해두었으니까…… 난 내가 자는 방에서 문 잠그고 잘 거니까 들어올 생각 꿈에도 마라."

"누가 간대? 염려 마셔."

우리는 거품을 던지며 논다. 발로 차서 물을 튕기고 물속으로 들어가 숨는다. 물고기 뺏기 놀이를 한다. 물에서 너무 설쳤더니 다리가 아프다. 수술한 부위가 좀 아리고 붓는 느낌이다. 내가 가만히 있자, 지현이 조심스레 묻는다.

"유방…… 만져봐도 돼?"

"안 돼!"

"한 번만!"

"그래. 그럼…… 나도…… 지현씨 거기 만져봐도 돼?"

"안 돼! 알았어, 알았어. 하지만 살짝 건드리기만 해…… 실밥 터지면 안 되니까."

지현은 거의 울먹인다.

"뭐? 다쳤어?"

"아니, 수술…… 포경수술했어."

"깔깔깔……"

지현은 내 가슴에 손바닥을 살짝 대었다가 얼른 뗀다. 다시 검지로 젖꼭지를 건드려본다. 뭔가를 굉장히 참는 표정이다. 나는 신중하게 그의 사타구니 사이로 손을 넣어본다. 음음음…… 어이쿠…… 만져볼까? 말까? 이건 뭐랄까, 딱딱하고…… 추파춥스만하다.

스톱, 스톱

근처엔 한 사람도 없다. 저기 길 건너 환경미화원이 빗자루를 들고 걸어가고 있을 뿐, 어슴푸레한 새벽 공기가 한기를 몰아온다. 쿨럭쿨럭, 어젯밤에 머리칼을 덜 말리고 잤더니…… 감긴가? 오늘따라 일찌감치 눈이 떠졌다. 여느 날은 자다 깨다 했는데, 어제는 짧은 시간이지만 깊은 잠을 잤다. 지현의 침대 머리맡에 허브 화분과 연두색 은은한 커튼이 심리적으로 안정감을 주는 것 같았다.

지현의 집에서부터 버스 정류장까지는 멀지 않았다. 세수라도 하고 나올 걸 그랬지. 첫차가 오려면 아직 멀었나보다. 시계가 죽었으니 답답하다. 지금쯤 아빠는 일어나서 서성거리거나 신문을 펼쳐놓고 있겠지. 몇 해 전부터 아빠에게는 초저녁에 자고 새벽부터 깨어 부스럭대는 습관이 생겼다. 나한테 마지막으로 한 말은 "차 조심해라"였다. 현우의 경우처럼 나를 잃게 될까봐? 그가 내 걱정을 하긴 할까? 새엄마가 나를 보면 뭐라고 할까? 집 나간 지 5개월이 넘어가도록 감감무소식에다가 다리를 절면서 돌아오는 나를 보면 째려보겠지. 때릴지도 몰라. 도로 내쫓지 않을까? 내가 새엄마라도 내쫓아버리겠다. 그녀 생각을 하면 분노와 적의가 끓어올랐는데, 이상하게 오늘은 그녀도 불쌍한 여자라는 생각이 든다.

나는 큰 도로를 가로질러 걷기로 한다. 중앙선을 넘어 천천히 가겠다. 새벽이라 차는 별로 없다. 하지만 어떤 차는 무서운 속도로 질주한다. 액션! 나는 눈을 꾹 감고 절룩절룩 걷는다. 몇 발짝 떼기가 무섭게 빵빵, 요란한 클랙슨 소리가 난다. 택시 기사가 창문을 내리고 핏대를 올린다.

"야! 이 씨발년아, 너 당달봉사야? 새벽부터 웬 지랄이야? 미치려면 고이 미치든가……"

 난 확인해보고 싶었다. 김인자 원장이 말한 '나를 지켜주는 보이지 않는 힘과 존재'를. 하지만 봐라! 그런 게 있나? 만일 그것이 존재한다면 다분히 이기적인 훼방꾼이다. 난 눈을 부릅뜨고 두리번두리번 조심스레 살피면서 뛰어간다. 오른다리를 질질 끌면서. 맞은편 버스 정류장에 서서 "야호" 하고 함성을 질러본다. 메아리는 없지만 뭐라고 하는 이도 없다. 여기서 버스를 타면 집으로 가는 길 반대 방향이다. 조금 있으니 한두 사람씩 모여들고 나는 처음 오는 버스를 무조건 탄다. 버스 손잡이를 쥐고 버스노선표를 들여다본다. 자갈치 시장에서 내리면 되겠다. 거기서 버스를 갈아타면 영도에 갈 수 있다. 맨 뒷자리에 가서 앉는다. 의자 틈에 동전이 끼어 있다. 가까스로 동전을 빼낸다. 동전아, 동전아. 이 세상에서 누가 제일 바보니? 10원짜리 동전은 대꾸도 않는다. 동전아, 동전아, 내가 왜 부르지도 않는데, 찾지도 않는데, 기다리지도 않는데…… 이 새벽에 거길 가냐고? 동전이 굴러가는 건 동전 잘못이 아니다. 두 다리가 멋대로 나를 데려간다.

 "저기, 말씀 좀 여쭙겠습니다. 신선동 산58번지가 이 근처 맞나요?"

 지나가는 할머니를 잡고 굽실거리며 묻는다. 할머니는 교회에 가는 길인지 교회에서 돌아오는 길인지, 표지가 나달나달한 성경책을 가슴에 안고 있다.

"응, 뭐라고?"

이래가지고서야 할머니는 어떻게 하나님 음성을 들으실라나? 난 다시 할머니 귀에다가 큰 소리로 말한다.

"안 들리세요? 여기가 신선동 맞느냐고요!"

"응. 신선동? 여기가 신선동이지."

난 너무 쉽게 찾게 되어 날아갈 듯 기쁘다. 그래서 신선님이 많이 살아서 신선동이냐고, 농담을 건넬 뻔했다.

"아, 예! 감사합니다. 안녕히 가세요. 오래오래 사시고요, 복 받으실 겁니다."

나도 모르는 새, 난 할머니한테 손을 막 흔들고 있다. 추적추적 빗방울이 떨어진다. 골목으로 접어들어 오르막길에 문을 연 가게가 보인다. 한 아주머니가 평상에 널려 있는 시래기를 황급히 걷어들이고 있다. 작은 해장국집이다. 된장 냄새가 구수하게 흘러나와서 시장기가 돈다. 아침 먹고 약도 먹어야 하는데…… 스윽 안으로 들어가 주인으로 뵈는 아저씨에게 묻는다. 아주머니는 부엌에서 바삐 움직이는 것 같다. 머리가 센 남자가 소주병을 앞에 두고 국물을 마시고 있다.

"저, 실례지만, 여기가 신선동 맞지요? 산58번지로 가려면 어디로 가야 됩니까?"

"여보! 산58번지면 저 윗동네 맞지?"

"그럼요."

"아가씨가 거기까지 가려고? 이 골목 끝나면 구불구불한 언덕

배기가 있소. 갈대가 무성한 곳인데 거기를 넘으면 달동네에 집이 몇 채 보일 거요. 그런데 누굴 찾으러 왔소?"

"아마, 모르실 거예요. 강진애씨라고…… 아마 저 아줌마 연배쯤 되실 거예요. 한 오십대 초중반?"

"모르겠는데……"

"누굴 찾는다고?"

아주머니가 음식 내놓는, 구멍 난 공간으로 급히 상체를 내밀며 묻는다.

"강진애라는 분요. 혹시 아세요?"

"이름만 들어서는 나야 모르지. 그런데 어디서 많이 본 얼굴이네. 그 누구더라? 어디서 왔어?"

"저도 부산에 살아요. 누구 닮았다는 말도 많이 듣고요…… 그럼, 이만 가볼게요."

내가 나가려는데, 아저씨가 우산 하나를 내민다.

"쓰고 갔다가 나중에 돌려주쇼."

"괜찮은데…… 감사합니다."

꾸벅 머리를 숙이고 나와 좁고 긴 골목길을 걷는다. 갈수록 지저분한 오르막이고 계단이 몇 개 있다가 없어지고 다시 계단이다. 연탄재가 쌓여 있는 집 담벼락은 반쯤 허물어졌고 어떤 벽에는 아마추어 화가의 솜씨로 뵈는 그림이 그려져 있다. 난 노란 해바라기가 만발한 벽의 그림 속 마당에 들어가 다리 쭉 펴고 눕고 싶다. 숨을 고른다. 담배를 가지고 올 걸 깜빡했다.

주머니엔 천 원짜리 석 장과 동전 몇 개가 전부. 막막한 심정이다. 다시 걸어 언덕으로 접어들었다. 경사가 꽤 있어 보이는 울퉁불퉁한 길이 이어진다. 운동화가 무겁다. 진흙이 잔뜩 묻었다. 아, 저 멀리 바다가 보인다. 갑자기 목이 마르고 가슴이 두근두근한다. 동네에서 아래로 내려오는 처녀가 있다. 매무새가 단정하다. 나는 그녀에게 다가가서 머뭇거리다 입을 연다.
"혹시 저 위가 산58번지 맞아요?"
"예."
바빠 갈 곳이 있는지 처녀는 종종걸음이다. 난 그녀의 팔을 잡는다. 빗방울이 그녀의 스웨터에 튀었다.
"거기 사시는…… 강진애라는 분, 아세요?"
처녀의 얼굴이 확 펴진다.
"그럼요. 강진애 전도사님, 잘 알죠. 바로 우리 앞집에 사세요."
"전도사님……이라고요?"
"전도사님 뵈러 온 거 아니세요?"
"……"
"어쩌나, 지금 교회에 계실 텐데…… 새벽기도는 강전도사님이 인도하시거든요."
"……그 교회가 어딥니까?"
"큰길 아시죠? 소방서가 있는…… 거기서 한 번 더 물어보세요. 영도에서 제일 큰 교회니까 찾기 쉬울 거예요."

처녀가 지나간 후에도 내 귀에는 빗소리 말고 웅성웅성 무슨 소리가 들리는 것 같다. 난 위태로운 벼랑에 선 기분이다. 전도사라니…… 이럴 수가, 전도사라니…… 엄마가 아닐지 모른다는 생각이 고개를 든다. 정말 아니었으면 좋겠다.

교회에서 신도로 뵈는 사람 몇 명이 밖으로 나온다. 대부분 여자들이다. 남루한 청년과 악수하고 있는 저 얼굴이 밝은 사람이 전도사인가? 멀지 않은데 가물거린다. 나를 바라보는 느낌이다. 난 우산으로 얼른 얼굴을 가린다. 굳이 이렇게 왔어야 했나? 난 되돌아선다. 빗길을 미끄러져가며 마구 뛰어간다. 숨이 가쁘다. 한쪽 다리는 달리려 하고 한쪽 다리는 땅을 질질 끌며 그만 멈추려고 한다. 스톱, 스톱, 아픈 다리는 그 전도사에게서 멀어지지 않으려고 안간힘을 쓴다. 가랑이가 찢어지지 않으려면 어째야 하나? 말하라, 마음이여! 갑자기 사이렌 소리와 함께 소방차가 지나가고, 나는 불안하다. 막 출발하는 버스에 아슬아슬 매달리듯 올라탄다. 허둥지둥 빈자리를 찾아 앉았다. 버스는 움직이려다가 서고 또 조금 가다가 선다. 길이 꽉 막혔다.

"또 뭔 일이래? 어디 불이라도 났나?"

누군가 투덜거리는데, 운전기사가 오만 인상을 쓴다.

"제기랄…… 아줌마! 저기 시꺼먼 연기 안 보여요?"

옆자리에 앉은 남자가 내 팔을 툭툭 친다.

"어이, 아가씨! 우산 좀 치워주지그래. 내 바지 다 젖잖아."

"어머? 죄송해요."

우산을 다른 손으로 옮겨 쥐는데, 그 남자가 말한다.
"그거 그냥 갖고 가려고?"
"예?"
"그 우산, 아까 빌려간 거잖아."
"아, 맞다. 깜빡하고……"
그러고 보니 이 아저씨는 골목 해장국집에서 밥 먹고 있던 사람이구나. 아, 술 냄새, 아침부터 웬 술이야……
"찾던 사람은 찾았고?"
"아, 네…… 아뇨……"
"뭔 대답이 그래? 찾았다, 못 찾았다 딱 부러지게 말해야지. 그 여자, 교회 다니는 여자 맞지? 허구한 날 예배당에서 살다시피 하고, 바빠 죽겠는 사람 길에 세워놓고 종이 쪼가리 나눠주며 귀찮게 말 붙이고…… 뭐라더라, 전도사라던가 나발이라던가……"
"뭐요? 알고 있었어요? 왜 아깐 잠자코 있다가 이제 말해요?"
"그게, 뭐! 아가씨 가고 나니 생각나데……"
난 이 주정뱅이 옆에 더이상 한순간도 앉아 있기 싫다. 찌든 담배 냄새와 입 열 때마다 입 냄새에 섞여 풍겨나오는 역한 술 냄새로 구역질이 날 지경이다. 그러잖아도 머리가 뒤죽박죽 터질 지경인데…… 차가 멈추면 얼른 내려야겠다.
"고놈의 교회고 절이고 간에 한통속으로…… 세상이 죄다 썩어 문드러졌어. 이 더러운 세상……"

남자는 왝 하고 가래침을 모아서는 차창을 열고 뱉어버린다.
"어이, 아가씨! 그렇게 생각 안 해?"
"예?"
"그 목사란 새끼가 유부녀 건드려가지고 난리 났잖아! 아마 한둘이 아니라지? 그 교회당 개판이야, 개판…… 몰랐어? 쯧쯧, 동네 애들도 다 아는 얘긴데."
"……"
"그래, 그 전도산가 뭣인가 하는 여자, 만났어? 둘이 무슨 관계야?"
난 벌떡 일어나 비틀비틀 몇 걸음 옮긴다. 버스에서 막 내려서는데 내 뒤통수에 대고 그 남자가 소리친다.
"야! 어디 가? 우산 안 갖고 가?"

4부

인터뷰

어메이징 그레이스

알고리즘

러시안 블루

룰렛 게임

브라보, 마이 라이프

오프닝 세리머니

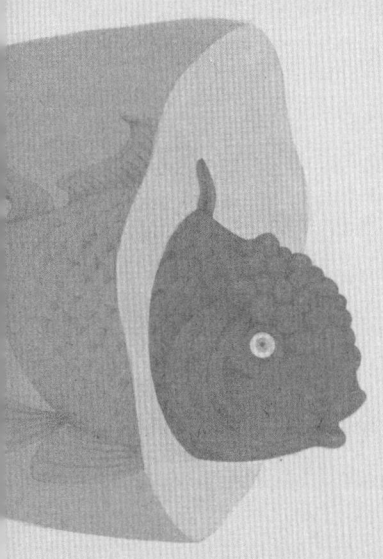

인터뷰

너무 놀라면 어떡하지? 감격적으로 얼싸안고 엉엉 울어버리면 무슨 말로 달래야 하나? 난 슬레이트 지붕 처마 아래 서서 쿵쾅거리는 심장을 억눌렀다. 손가락으로 젖은 머리칼을 쓸어 귓불 뒤로 넘겼다. 신발에 묻은 진흙과 연탄재 같은 걸 손바닥으로 툭툭 털었다. 기절초풍하면 어쩌지? 하지만 그런 일은 없었다. 똑똑똑, 단지 문을 두드린 것뿐인데 알루미늄 문틀에 끼워져 있는 불투명한 유리창이 떨어질 듯 흔들렸다. 곧 집 안에서 진회색 그림자가 다가왔다.

"누구세요?"

"저, 정여울이라고 합니다만."

순간, 그 그림자는 움직임을 멈췄고 짧은 신음소리를 내뱉는 것 같았다. 나는 할머니의 묘지 앞에 서 있던 봄날처럼 한없이 침울해졌다. 꽃다발이라도 들고 올 걸 그랬나?

"여울, 어서 와라, 정말 반갑다. 이런, 키가 훌쩍 컸구나. 몰라보게 자랐어. 그동안 잘 지냈니?"

너무 자연스러워서 오히려 어색하게 들리는 인사말이다. 오디션 보러 온 늙은 단역배우가 오랫동안 준비해온 대사를 내뱉는 것처럼 들린다. 웃는 건지 우는 건지 얼굴을 일그러뜨리며 문을 닫을 때 여자 얼굴에 보조개가 깊게 팬다. 저 보조개는 왜 나한테 흘러오지 않았을까? 단박에 이 여자가 엄마라는 걸 알 수 있다. 딱 꼬집어 어디가 닮은 건 아닌데, 어쩐지 이삼십 년 후 내 얼굴이 될 것만 같은 파리하고 불편한 얼굴, 이렇게 광채가 나는 눈동자를 본 적이 없다. 긴 검정 치마에 슬리퍼 차림인데, 한쪽 손에는 주걱을 들고 있다. 저 뒤 터진 파란 슬리퍼는 아빠 공장에서 찍어냈던 그 고무 슬리퍼가 맞다.

난 겨우 입을 뗀다.

"강진애 전도사님이시죠? 본명은 강정옥…… 제 엄마 맞으시죠? 그간 안녕하셨어요?"

"굳이 그렇게 말해야겠니? 조사를 많이 했나보구나. 이리로 앉으렴."

둥근 밥상 위에는 막장이 담긴 종지와 김치 쪼가리, 생당근, 오이, 무 조각, 몇 가지의 푸성귀가 있다. 건강에 과민한 채식주의자인가? 엄마는 수저 한 벌을 가져다놓고 밥 한 공기를 더 퍼서 내 앞에 놓는다. 얼핏 봐도 질색인 콩, 보리, 수수며 몇 가지 잡곡이 더 섞여 있어서 내 미간은 저절로 찌푸려졌을 것이다.

"식전이지? 우리, 기도하고 밥 먹자. 하나님 아버지! 감사합니다. 오늘 아침 이렇게, 이렇게 사랑하는 여울의 발걸음을 인도하여주시고 다시 만나는 놀라운 축복을 내려주셔서 감사드리며……"

긴 기도가 이어지는 사이, 난 눈을 뜨고 엄마를 바라본다. 반듯한 이마와 콧등, 감긴 눈에 파르르 떠는 짙은 속눈썹, 핏기 없는 입술, 하얀 스웨터 아래 끊어질 것 같은 목과 납작한 가슴, 모아 쥔 앙상한 손. 자신이 대충 자른 것 같은 커트 머리, 반백의 머리와 어울리지 않는 앳된 얼굴. 이 기묘하고 어두침침하며 집기라고는 작은 서랍장과 이불, 벽에 붙은 책받침만한 거울이 전부인 이 방은 다른 세계와 단절된 구역처럼 느껴진다. 밥상에 천을 깔아 만든 책상 위에는 몽당연필과 빨간 모나미 볼펜, 성경과 몇 권의 책들, 노트들…… 청결하고 검소하다 못해 궁색하기까지 한 독방 감옥 같다. 이렇게 살려고 나를 버리고 떠나갔나?

"입에 맞을지 모르겠다. 어서 먹자."

"예, 잘 먹을게요."

엄마는 휴지로 눈가를 닦고, 그 휴지를 잘 펴서 옆자리에 놓는다. 마르고 나면 다시 쓰려고 저러나? 이 빠진 접시 위에서 고이 마르고 있는 귤껍질 옆에 몇 장의 구덕구덕한 휴지가 차곡차

블러드 시스터즈 171

곡 개켜져 놓여 있다. 난 축축한 외투를 벗어 어디다 놓아야 할지 몰라 두리번거리다가 마땅히 놓을 데가 없어 다시 입는다.

"어머니! 저 금방 알아보셨어요?"

"그것도 질문이라고…… 어릴 적 모습 그대로잖니. 어릴 땐 피부가 희었는데…… 난 매일 너를 만난단다, 성령이 임하셔서. 매일 새벽부터 잠들 때까지 널 위해 기도한단다. 한순간도 널 잊은 적이 없어."

"그럼, 왜 찾아오지 않았어요? 연락 한 번 없으셨고요."

"아니다. 여러 번 널 보러 갔었단다. 참을 수 없이 보고 싶어서…… 네가 날 몰라봤을 뿐이지…… 네가 맡겨졌던 할머니 집 앞에서 서성거리기도 했고 초등학교, 중학교 교문 근처에서 너를 기다리기도 했단다. 하지만 어느 순간, 그렇게 해서는 안 된다는 생각이 들었다. 섣불리 널 만나 예민한 네가 비뚤어지기라도 할까봐…… 네가 어른이 되어 나를 이해하고 만나러 올 때까지 기다려야 한다고 다짐했어. 내가 할 수 있는 건 오로지 기도밖에 없다는 걸 알았으니까. 내가 만약 하나님을 만나지 못했다면 이미 미치거나 자살했을 거다. 너도 빨리 예수님을 만나면 좋겠구나……"

꾸역꾸역 밥을 다 쑤셔넣고 나자, 엄마는 약 상자에서 사탕과 껌을 꺼내놓는다. 식당 카운터 옆에 놓아두는 그런 것들이다. 엄마가 박하사탕을 까서 내 입에 넣어준다. 난 이제 사탕이나 빠는 어린애가 아닌데……

"오늘 학교는 안 갔니? 너 독문학과 다니지? 어때? 재밌니? 괴테나 헤르만 헤세, 그런 작가들 작품을 원서로 보게 되겠구나. 너, 성경이 소설보다 더 흥미진진한 거 아니? 성경책이 최고의 스테디셀러잖아."

"몰라요······"

쳇, 조사는 자기가 다 했으면서······ 나한테 스토커를 붙여놓았나? 그럴 정성이 있을 리 만무한데······ 난 김인자 원장을 만난 거 하며 아까 교회 앞에서 당신을 쳐다보다 도망친 거 하며 버스에서 내려 우물쭈물 되돌아온 일 등을 말하려다 그만둔다. 당신 없는 내 유년이, 내 사춘기가, 하루하루가 얼마나 비참했는지 하소연할 필요조차 없다.

"왜 재혼하지 않으셨어요?"

"내가 부자하고 재혼해서······ 네가 찾아오면 용돈이라도 듬뿍 줄 수 있으면 좋겠니?"

"네?"

"······난 네 아빠 말고는 누구하고도 만난 적 없다. 아니, 지금 난 하나님과 결혼한 거야."

"그것도 농담이라고······ 근데 화장은 안 하세요? 화장도 하고 파마, 염색도 하면 훨씬 젊어 보이실 텐데······"

"난 그런 거 안 한다. 자연 그대로 두는 게 제일 좋아. 이 새치도 곧 까맣게 변할 거다. 검은 머리가 되게 해달라고 틈틈이 기도하고 있거든."

어메이징 그레이스

엄마가 가만히 내 손을 잡는다. 차고 건조하다. 커다란 눈동자에 일렁거리는 저 눈물도 분명히 빗물처럼 차가울 테지.

내가 결혼하고 애를 낳아보면…… 자신을 이해할 수 있을 거라고 말한다. 가장 빠르고 쉽게 자신을 이해할 수 있는 방법은 같은 신앙을 갖는 거지만…… 어렵겠지? 라고 엄마는 내게 물어온다. 난 중증 맹신자를 인터뷰하러 나온 시건방진 기자처럼 눈을 내리깔고 툭툭 질문을 던진다. 최대한 짧고 가볍게. 하지만 답변은 장황하다.

가령, 길고 긴 대답들은 이런 거다. 아빠가 잘 다니던 회사를 그만두고 집에다 공장을 차렸을 때 엄마가 밤낮없이 그 많은 공원들 밥을 해먹여가며 죽도록 공장 일을 했다는 거. 공장 여자애들을 건드리는 건 다반사고 술 마시고 바람을 피워대던 아빠가 어느 날 여자를 데려왔던 거, 세 살 먹은 남자애를 데리고 온 그 여자가 한집에서 살겠다고 우기며 건넌방에 짐을 부려놓아 참다못해 자신이 이혼할 수밖에 없었다는 거.

왜 날 버리고 갔어요? 너도 그 집 핏줄이잖니. 또 부연설명, 전도사라는 사람들은 참 말이 많구나. 너희 집안은 혈통이 지저분했어. 비도덕적이고 비윤리적이라…… 그 이상이었지. 알고 보니, 네 증조할아버지나 할아버지나 큰아버지나 하나같이 첩을 몇이나 두는 그런 집안 내력이더구나. 너한테도 그 불결한 피가 섞였을 테니…… 난 네 아빠와 연계된 모든 것을 끊고 싶었다. 네 아빠가 주는 더러운 위자료, 한 푼도 받지 않았다. 그래요, 당신 참 깨끗해요…… 나는 졸리다. 건성으로 주억거린다. 이런 말을 늘어놓는 대신 그냥 살짝 안아주면 정말 좋을 텐데…… 엄마는 자신이 총신대학교의 늦깎이 대학생으로 새롭게 출발하여 전도사가 된 지금까지 은혜로운 삶에 대해, 지금 현재 살아 있다는 기적에 대해, 가난한 신학대생들을 도와줄 수 있는 물질적 여유에 대해 감사한다고 자랑스레 말한다. 내가 탈선하지 않고 불구가 되지 않고 몸 성히 자란 것은 온전히 주님이 눈동자처럼 나를 지키고 보호하기 때문이라고 한다. 나를 잘 알지도 못하면서. 그러니 지금처럼 아빠의 집에서 지혜롭게 처신하며 공부도 열심히 해야 한다고. 훌륭하게 자립할 수 있을 때까지 인내해야 한다고.

"하지만…… 후회하지 않으세요? 최소한 저한테 미안하다고 말씀하셔야 되는 거잖아요. 어머니는 신을 빌려 자신을 합리화하고 있는 것 같은데요."

"여울아, 그땐 그럴 수밖에 없었단다. 이렇게 설명했는데도 모르겠니? 내가 네 아빠로부터 벗어나지 않았다면 난 미치거나 자살했을 거야…… 너…… 정말 말귀 못 알아듣는 거니? 억지나 부리며 유들유들하게 웃는 게 꼭 네 아빠나 네 고모를 닮았구나. 남 배려도 없이 멋대로 불쑥 찾아오는 거나, 무식하고 예의라곤 없는 그 집안 식구들처럼…… 다음에 만나 이야기하자.

너무 오래 헤어져 있어서 말이 통하지 않는 것일 수도 있으니…… 오늘은 그만 가거라. 나도 바쁘단다. 심방 가야 하거든. 와줘서 고마웠다. 조심해서 내려가렴."

엄마는 단단히 기분이 상한 인터뷰이 같다.

"그럼, 이만 갈게요. 다시는 오지 말까요?"

"여울아! 넌 삐딱하게 말하는 습관이 있구나. 하긴 그런 집안에서 가정교육을 받았으니…… 하지만 네 아빠가 살아 있는 동안은, 아빠가 나보다 형편이 나을 테니…… 아빠한테 잘해드려라. 아빠는 자기 욕정을 어쩔 수 없는 불쌍한 사람이지 않니…… 괜히 나 만난 내색해서 눈칫밥 얻어먹지 말고…… 무엇보다 네가 주님을 영접한 후에, 다시 나를 만나러 오면 좋겠구나. 속히 그날이 오길 바란다. 잘 가렴."

문 열고 나오자마자 등 뒤에서 노랫소리가 들려온다. 자신의 신성한 아침을 망쳐놓은 훼방꾼이 나가기를 기다렸다는 듯.

"나 같은 죄인 살리신 주 은혜 놀라워, 잃었던 생명 찾았고 광명을 얻었네. 큰 죄악에서 건지신 주 은혜 고마워…… 거기서 우리 영원히 주님의 은혜로 해처럼 밝게 살면서 주 찬양하리라."

참 놀랍기도 하다. 참 은혜롭기도 하겠다. 난 벽에 붙어 서서 노래를 듣는다. 〈어메이징 그레이스(Amazing grace)〉, 조수미보다 더 목소리가 좋다. 그 가수는 너무 기교적이고 화려하거든. 난 완전 음친데 엄마는 노래를 잘하는구나. 난 고결한 엄마 피보다 더럽고 음탕한 아빠 쪽 피를 더 많이 물려받았구나. 그러니까 보조개도 없지.

난 내 감정이 아무렇지도 않기를 기도한다. 눈물이 터지고 뭔가 억울한 기분이 몰려오는 걸 제어하고 싶다. 오, 망할…… 하다못해 주기도문이라도 외워둘걸…… 하늘에 계신 우리 아버지여! 내 발이 여기서 떨어지게 해주세요. 오오, 신발이 움직입니다. 오, 제기랄, 엄마의 하나님! 만약 하늘에 계시든가 땅에 계시든가 하다면, 우리 아버지여! 날 가지고 노는, 엿 같은 우리 아버지여! 당신이 저 여자를, 당신이 내 엄마를 빼앗아갔나요? 노래를 시켰나요? 노래하는 징벌을, 주 찬양의 책무를 주었나요? 노래하지 않으면 미치거나 자살하는 인형으로 만들었냐고요! 이기적인 하나님 아버지여! 당신이 내 엄마를 저토록 차갑고 경계심 많은, 역겨울 정도로 우아한 사람으로 만들었나요? 세 살 때 내던진 딸 앞에서 울음을 참도록, 자존심을 세울 수 있도록 어떤 가혹한 고통의 연장으로 그녀를 단련시켜놓았나요? 제기랄, 잔인하고 무시무시한 하느님 아버지여! 한술 더 떠서 나야말로 무슨 짓을 한 것일까요? 내가 그녀를 사랑하긴 할까요? 증오하는 건 아닐까요? 그게 그걸까요? 내가 말입니다…… 탐색견처럼 끙끙거리며 집 안으로 기어들어가서는 빌붙어서 살 수 있을지 없을지 간을 보지 않았습니까! 그녀를 추궁하고 매도하고 비아냥거리지 않았습니까! 만약 당신이 있다면 지금 당장 저 여자를 밖으로 불러내세요. 빨리요. 맨발로 뛰어나와 '제발,

가지 마라. 지금부터라도 같이 살자!' 라고 무릎 꿇고 애원하게 해주세요. 제기랄, 아멘, 아멘. 아멘.

10분의 기회를 주었으나 하나님은 도착하지 않았다. 무위 안일한 녀석. 있을 리 없는 하나님 나부랭이. 가슴이 조여든다, 나는 내 심장을 개에게 새에게 빼어주고 싶다. 나를 쪼아 먹어다오, 언덕 아래로 연무가 흘러간다. 한 노인이 질퍽한 공터에서 뭘 태우는지 허리를 구부리고 있다. 잿더미가 바람에 흩날린다. 까마귀 떼처럼 되풀이되어 선회한다. 내 머리는 빙빙 돌아 무수해진다.

알고리즘

깁스했던 다리에 통증이 느껴진다. 속도 메스껍다. 주머니에 남은 얼마의 동전으로는 버스를 타고 다시 지하철을 갈아탈 수 없을 것이다. 그러므로 광복동까지 걸어가 거기서 지하철을 타면 되겠다. 나는 아빠에게로 돌아가, 그 집에서 내가 살아가야 하는 이유와 권리를 말할 것이다. 그와 그의 아내를 피하는 것은 내가 그들에게 지는 거다. 간도 쓸개도 없이 비위를 맞추고 어리광을 부리면 나를 죽이지는 않을 것이다. 나에게 충분한 힘이 생겼을 때, 극적인 순간에 그들을 지능적으로 공격해야 한다. 엄마의 기도가 나에게 지혜의 열매를 주었나? 왠지 지혜에는 타협과 간교함의 냄새가 난다. 내가 새엄마를 엄마라고 부르기 시작한 순간부터 나는 내가 얼마나 지혜로울 수 있는지 알았어야 했다.

뭐지? 교차로에 고양이가 뻗어 있다. 깜짝 놀라 피하려다보니, 모자다. 샴고양이 털처럼 생긴 털모자. 원래는 희거나 크림색에 가까웠겠지만 아까 내린 빗물에 젖고 이리저리 밟혀서 거무튀튀하고 보기 흉하게 찌그러져 있다. 나는 모자 앞에 쪼그리고 앉아 정말로 고양이가 아니라 털모자인지 살펴본다. 털모자가 아니라 죽은 개 같기도 하고 목도리 같기도 하다. 이게 뭔가? 세상에 뭐 하나 뒤죽박죽이지 않은 게 없다.

"뭐하냐? 정여울!"

"어? 선생님! 안녕하세요? 여기…… 이 동네 사세요?"

"그래. 이사 온 지 꽤 됐다. 너도 이 동네에 사냐?"

"아뇨…… 그냥 볼일이 있어서요."

"아침부터? 무슨 일?"

"뭐…… 그냥"

"싱겁기는…… 뭘 그리 유심히 보고 있었냐?"

"이거…… 모자 맞아요?"

"하하, 그럼 그게 모자지 구두냐? 쯧, 여전히 모자라가지고……"

"제가 옛날부터 모자랐나요? 나사 하나 빠진 것 같았어요?"

"그냥 그랬다는 말이다. 그게 네 매력 아니냐?"

"……"

"그래. 요즘도 그림 그리고 있냐? 모자라니까 생각나는 건데, 너 혹시 막스 에른스트가 그린 그림 중에서 〈모자는 인간을 만든다〉라는 작품 본 적 있냐?"

"예. 예전에 선생님이 미술반 벽에 붙여놓으셨잖아요. 스물몇 개나 되는 모자들이 사람 형상을 하고 있는…… 뭐 좀 조잡하게 인쇄된 거였지만."

"내가 그랬냐?"

"네."

"길에서 이러지 말고 어디 가서 차 한잔하자. 너 시간 있냐?"

"예. 조금요."

선생님이 앞서서 걸어간다. 뒤축이 닳은 구두, 구김이 잔뜩 잡힌 청바지, 검정 재킷을 벗으면 멜빵이 있을 거다. 축 처진 어깨에서 흘러내리는 가방을 연신 쓸어올린다. 파란색 유성 물감이 묻어 있다.

광복동 사거리가 내다보이는 '자스민'이라는 커피숍이다. 막 문을 열었는지 우리가 들어서자 종업원이 마지못해 일어서서는 "어서 오십시오"라고 말한다. 마른 건지 언 건지, 아무튼 죽어가는 나무 옆 소파에 앉는다.

"이 나무가 재스민이다."

"그래요?"

"선생님! 학교는요?"

"그만뒀다."

"언제요?"

"너희들이 졸업한 그다음 학기에…… 채 1년도 안 된 일인데 아주 옛날 일 같네."

"왜요? 그 철밥통을……"

"뭐, 십여 년 그 짓을 하다보니 매너리즘에 빠지는 것 같고…… 내 작품 활동을 할 시간적 여유도 없고……"

이광호라고 하면 국내외에서 알아주는 신진 미술가이다. 국제 비엔날레에 누드 조각상을 전시하기도 한 작가이지만 이상하게도 부산에서는 그를 아는 사람도 별로 없다. 하긴…… 비약하자면 예수도 자기 고향에서는 목수 아들로 냉대받았다고 하니까…… 그러고 보니 선생님이 학교에서 무슨 일로 잘렸다는 소문을 들은 것도 같다. 미술반 여자애를 만져서 난리도 아니었다고…… 현미가 말해줬나? 하지만 지금 여기서 선생님한테 직접 묻고 싶지는 않다. 그건 너무 가혹하지 않을까? 내가 아는 선생님은 그런 사람이 아니니까. 학교 선생들과 사이가 좋지 않았다는 건 다 알고 있던 사실이고……

내가 이광호 선생님에게 호감을 느낀 이유가 있었다. 그러니까 고등학교 1학년 시절, 지루한 장마가 끝나가던 6월이었다. 어느 학교나 왕따 문제가 있었겠지만 우리 학교는 그게 무척 심했다. 여학생, 남학생 학급은 달랐지만 남녀공학인데다 고급 신축 아파트촌에서 온 학생들과 기존의 시장통에 사는 학생들이 섞여 있어서 그런 건지 몰라도 이상하게 패거리가 나뉘곤 했다.
 그날은 지각이라 교복 치마를 펄럭이며 교문으로 들어섰다. 학생부 선생도 선도부 학생도 보이지 않아 살았다며 한숨을 몰아쉬고 교실로 들어섰다. 애들이 웅성거리며 복도와 교실을 왔다갔다하고 있었다.
 "무슨 일 있어?"
 "어제 저녁에 옆 반 애가 자살했대. 저기 아파트 옥상에서 뛰어내려서."
 "누가? 왜?"
 "그게 말이지……"
 내 짝은 좀 노는 애였는데 소식통이 빨랐다. 1학년 5반의 조용국이라는 애가 죽었다는 것인데 그 이유가 어이없었다. 조용국과 같은 반의 몇몇 애들이 내성적인 용국을 평소 따돌리며 집단 괴롭힘을 가해왔으며 어떤 임무를 주어서 그 일을 수행하면 더는 괴롭히지 않고 무리에 끼워주기로 했다는 것이다. 그 임무라는 것이 도둑질이었다. 용국의 엄마가 캐셔로 아르바이트하는 대형 마트 매장에서 양주 세 병을 훔치는 것이 그 임무였다. 용국은 몰래 술병을 들고 나오다 마트 직원에게 덜미 잡혔고 그의 엄마도 불려가 해고 명령을 받았다고 했다. 집으로 돌아간 용국은 자신을 놀리고 비난하는 여동생의 등을 식칼로 여러 차례 찌른 후 맞은편 아파트 옥상으로 올라가 뛰어내린 것이다.
 학교에서는 그 일을 유야무야 넘어가려고 했다. 그런데 이광호 선생님이 나서서 그 일에 연루된 아이들을 문제 삼았다. 우리 창틀에 매달려 그 애들의 부모가 학교를 드나드는 걸 볼 수 있었다. 그중에는 학교 재단 이사장과 친분이 있는 사업가도 있고 장학사도 있다고 했다. 용국이의 시체를 만진 사람도 이광호 선생님 말고는 없다는 말도 돌았다. 우리는 퇴학당한 걸로 알았던 그 두 명이 다른 학교에 잘 다니고 있는 것을 알고 있었지만 선생님에게는 말하지 않았다. 우리 담임은 의협심이나 불필요한 호기심 같은 건 개한테 주고 묵묵히 공부만 하라고 했다. 대학 못 가는 것들은 쓰레기라고 했다. 나는 썩은 쓰레기나 폐기물 되기를 결심한 사람처럼 수업 시간엔 대놓고 책상에 엎드려 잠을 잤다. 그것도 지겨우면 짝의 게임기로 갤러그를 했다. 복도에 나가 손 들고 있을 때, 짝의 말대로 밤에 남자애들을 만나러 나가볼까 생각했지만 새엄마가 좋아할까봐, 내가 불량 청소년이 되고 자기 수준의 인생을 살면 환영하고 박수칠까봐 난 결석도 하지 않았다. 방과 후엔 푹푹 찌는 미술실에 박혀 섬뜩하고 괴기한 그림을 그렸다. 연필 칼로 스케치북을 마구 찌르는 걸 이광호 선생님에게 들킨 적도 몇 번 있다.

  나와 반대로 현우는 공부에 열을 올렸다. 현우는 죽은 용국과 같은 반이었는데 죽어라고 공부를 하기 시작했다. 모두 혀를 내두르는 수학 천재의 탄생은 이 시기를 정점으로 완성되고 있었다. 미분, 적분, 복잡한 그래프, 3차원과 벡터 들이 그 애의 노트를 꽉 채우고 있었다. 하루는 내가 벨벳 언더그라운드의 노래가

녹음된 테이프를 찾으러 그 애 방에 갔을 때, 현우는 테이프들을 모아놓은 박스를 고스란히 나한테 건네주었다.
"너 다 해."
"웬일로?"
"난 이제 음악 안 들어."
"왜?"
"증명할 수 없는 게 싫어졌어."
"뭔 소리야?"
"안 풀리는 문제, 해법이 없는 문제가 싫다는 말이야."
그러고는 물컵을 들고 방을 나갔다. 그 애 책상에는 두꺼운 책이 펼쳐져 있었다.

합성수 n보다 작은 임의의 수를 100번 선택하여 알고리즘을 실행시킨다면, 이런 '증거'를 못 찾을 확률은 $(1/4)100$이다. 그러므로 거의 대부분의 경우에서, 이와 같은 소수 판별법은 매우 좋은 알고리즘이라고 생각할 수 있다. 특히 n이 아주 크다면, 이 방법 이외에는 효율적인 알고리즘이 없다. 알고리즘을 여러 번 시행하면 오류가 일어날 확률을 원하는 만큼 줄일 수도 있다.

황당한 문장들에 고개를 갸웃거리고 있을 때, 현우가 책을 빼앗았다.

"나가줘. 내 눈에 보이지 마."

이후로 현우는 진짜로 음악을 듣지 않았고 밤에 라디오도 듣지 않았다. 나를 없는 사람 취급했다. 화장실 문틈으로 내가 목욕하는 걸 훔쳐보지도 않았고 변비냐고 묻지도 않았으며 내가 빤히 쳐다봐도 얼굴이 빨개지지 않았다. '엄마한테 대들지 마라, 그림에 소질이 없으니 일찌감치 집어치우고 대학 갈 준비나 하지……' 라는 둥의 소리 같은 건 다시는 건성으로도 하지 않았다.

"여울아, 요새 그림은 안 그리냐?"
"예, 끊었어요."
"그림이 술이냐? 담배냐? 끊긴 뭘 끊어? 끊고 맺지 말고 흘러가거라."
"그러는 선생님은 학교를 끊었잖아요. 지금은 뭐하세요?"

나는 무심코 선생님의 담배를 집어 입에 물고 라이터로 불을 붙인다. 선생님은 나를 가만히 쳐다보더니 자기도 나를 따라 한다. 우린 서로 쳐다보며…… 웃는다.

"미술학원 차렸다. 먹고살아야지……"

선생님이 명함을 내민다.

"시간 나면 학원에 와서 애들 좀 지도해주겠냐? 난 전시회 때문에 바빠서……"

"글쎄요. 봐서요."

"그래, 현우는 잘 지내냐? 요즘도 너희 티격태격하냐?"

블러드 시스터즈 185

"아뇨."

"그 녀석은 워낙 성적도 특출났고 똑똑해서…… 카이스트에 입학하지 않았냐?"

"아뇨. 전액 장학금 받고 서울대 물리교육과에 갔어요…… 들어가긴 했었죠."

"그랬어?"

"우리 집 형편이 좋지 않아서…… 제가 대학에 진학하지 않았다면 현우는 자기 하고 싶은 걸 할 수 있었겠죠. 서울에 가지 않았다면 그런 일도 없었겠죠. 그래서 부모님에게는 제가 눈엣가시예요. 나 때문에 현우를 멀리멀리 보냈다고 생각하시거든요. 사실일지 모르죠. 왜 현우만 사람이냐? 나도 대학 보내달라며 미친 듯이 악악거렸거든요. 대학이 이렇게 골치 아프고 재미없는 줄 알았으면 진즉에 포기하고 공장이나 다니는 거였는데……"

"무슨 소리냐? 갈 수 있다면 둘 다 공평하게 대학을 가는 거지…… 네가 입시에 떨어졌다면 모를까…… 또 서울이 대전보다 멀면 얼마나 더 멀다고……"

"……"

"너희, 무슨 일 있었냐?"

선생님은 평소에 다른 사람에게 별 관심이 없지만, 일단 관심을 가지면 무섭게 파고드는 기질이 있다. 그해 6월에도 그랬던 것처럼. 그런다고 자신에게 돌아오는 것도 없는데…… 예술하는 사람들은 무심하게 보아넘기지를 못하는 것 같다.

"아니에요. 제가 낮술 먹은 것도 아닌데…… 헛소리를 하네요. 죄송해요. 선생님!"

나는 선생님에게 돈 만 원을 빌렸다. 며칠 내로 학원에 들러 돈을 갚고 학생들도 봐주겠다는 조건을 달고. 하지만 어쩐지 그 약속을 지키지 못할 것 같다. 눈이 빠질 것 같다. 오늘은 너무 일찍 일어났다. 오늘 하루는 억만 년처럼 길다. 누군가를 만나고 나서 혼자 남게 되면 내가 말한 모든 게 후회스럽고 삶이 얼마나 무가치한지를 실감하게 된다. 나는 어쩌면 잘못 묻은 페인트나 잉크 자국인지 모른다. 지금도 내 영혼은 휘발하고 있다.

러시안 블루

사다리가 있다. 좁은 나무 계단의 사다리가 벽에 기대어져 있다. 사다리는 우리가 여기로 이사 오기 전부터 저기 있었지만, 담쟁이 덩굴이 마르고 나뭇잎이 떨어지는 겨울에만 그 모습을 드러낸다. 사다리는 덩굴 아래 감나무 뒤에 숨어 거무스레한 몸체를 감추고, 찾으려는 사람에게만 보인다. 나는 저 사다리 아래 헬멧 정도 크기의 유리병을 묻어두었다. 그 안에는 사진과 편지, 머리카락, 오카리나…… 아, 몰라. 그 수두룩 빽빽한 비밀들…… 내가 가장 아끼는 물건들이 무엇인지를 기억해내고 싶지 않아서 난 그걸 파묻은 건지도 모르겠다. 그게 가능하다면 풀과 넝쿨로 내 기억을 가리고 싶다. 난 풀덤불 속에 차가운 병처럼 파묻히고 싶다. 난 너무 지쳤다.

"밀크야! 언니 왔다."

거실에 앉아 신문지를 펼쳐놓고 몸을 웅크린 채 발톱을 깎고 있던 아빠가 나를 쳐다본다. 휘둥그레 치커뜬 눈에는 노여움 같은 게 얼비친다. 그리곤 이내 고개를 숙이고 발톱을 주워 모은다.

"밀크는요?"

"아니, 여울이잖아. 어디 갔었어? 너 가출했다며?"

대구에서 미장원을 하는 이모, 그러니까 새엄마의 막내 동생이 나에게 한마디 먹인다.

"이모가 웬일이야?"

"얘 좀 봐, 내가 못 올 데 왔니? 그나저나 네 꼴이 이게 뭐니? 머리는 꼭 물에 빠진 생쥐 꼴을 해가지고…… 씻고 나오면 내가 좀 잘라줄게."

"식상해."

"뭐가? 얌전한 고양이가 부뚜막에 먼저 올라간다고…… 너, 발정난 고양이처럼 어딜 싸돌아다닌 거니?"

"뭐야? 웃기지 마셔. 내 고양이 어디 있어? 저 솥에 부글부글 나는 김은 뭐야? 뭘 끓여대기에 저리 큰 솥을 올려놨냐고? 설마 내 고양이를 삶는 건 아니겠지?"

"조용히 못하겠니? 멋대로 나가고 멋대로 들어와서는 뭘 잘했다고 또 소란이야? 오자마자 부모는 찾지 않고 고양이 타령이나 하고…… 네가 사람이냐?"

"아빠가 날 사람 취급한 적 있어요? 나가서 죽었으면 했겠죠. 살아서 돌아오니 실망이 크시겠네요."

"말하는 꼬락서니하고는……"

"야! 밀크, 밀크야! 여기 있니? 아가야, 언니 왔다고……"

이럴 수가……

그러니까 갸릉갸릉 내 방에서 나는 소리는 밀크 우는 소리가 아니었던 거다. 내 고양이 밀크와 내가 물끄러미 앉아 바깥을 내다보던 창문 아래, 장난스런 밀크가 발톱으로 긁어놓은 벽지 옆에 웬 아기가 누워 칭얼거리고 있다. 크림 토핑처럼 하얀 레이스가 가득한 이불 밖으로 앙증맞은 손을 내밀어 흔들고 있는 아기. 그 옆에서 젖병에 분유를 담고 있는 새엄마.

새엄마는 문을 열고 들어서는 나를 쳐다보면서 흠칫 놀라는 기색이다. 그러곤 이내 계량스푼을 툭툭 떨어 분유통 안에 넣는다.

"그래그래, 우리 연두, 배고프지? 자, 우유 먹자."

소중한 보물을 다루듯 조심스레 아기를 품에 안고 새엄마는 비웃듯이 내 얼굴을 빤히 쳐다본다. 난 움찔움찔 뒤로 몇 발짝 물러서서 나와 방문을 닫는다.

"쟤 뭐예요? 아빠! 쟤 누구냐고요?"

"으허, 언성 낮춰라. 아기 놀란다."

"쟤 누구 아기예요? ……우리 밀크는 어딨어요?"

"누구긴 누구냐? 네 동생이지…… 고양이는 다른 데 줬다. 털이나 뭐나 갓난애한테 좋지 않을 것 같아서……"

"말도 안 돼. 다 필요 없어. 내 아기 내놔요!"

"고양이가 사람이냐? 아기니 뭐니 하게. 사료하고 화장실 통까지 챙겨줬으니 그 집에서 잘 키울 거다. 정 의심스러우면 네가 가보면 되지 않느냐?"

"내 아기는 갖다 팔고 어디서 저런 애를 주워왔어요? 낳았다고? 아빠하고 새엄마하고? 그 나이에…… 왜요? 언제 애를 배긴 뱄었어요?"

"너도 알고 있지 않았느냐? 지난여름에 너한테 말했을 텐데…… 넌 도대체 집안엔 관심도 없고…… 어디다 정신을 팔고 사는 거냐?"

"거짓말하지 마세요. 그 나이에 오입이 돼요? 아빠는 평생 그 짓만 밝히는 괴물이야. 욕정의 노예, 싸질러놓고 책임도 못 지는……"

"……"

"여울아, 이 바보천치야, 네 엄마, 마흔여섯이면 심각한 노산이잖니…… 임신중독이 와서 얼마나 고생한 줄 알아? 너도 이젠 다 컸잖니? 반항 그만하고…… 부모 속 좀 그만 썩여라. 해외토픽도 못 봤니? 일흔 살, 여든 살에도 출산하는 사람들 있잖니…… 제발 미친 발광 그만하고 좀 씻고 나와라, 정신 차리고 미역국도 먹고……"

 이모라는 사람이 수건을 들고 와 눈물 콧물 범벅이 된 내 얼굴을 문지르려고 한다.

 "어디다 손을 대? 너도 네 집에 가! 네 언니도 좀 데리고 가란 말이야. 왜 내가 저 여자를 엄마라고 불러야 돼? 나한텐 엄마가 있는데…… 저 여자는 자기 남편도 있고 자식도 있었다며? 어떻게 싹 다 잊어버리고 다른 남자와 붙어 살 수가 있어? 개도 그렇게는 안 하잖아. 난 너희들처럼은 안 살아……"

 철썩! 아빠가 내 뺨을 후려친다.

 "몇 번 말해야 알겠냐? 네 새엄마는 그런 사람이 아니다. 어디서 무슨 소리를 듣고 왔는지 몰라도 우리는 사랑해서 살고 있다. 널 낳은 여자가 날 얼마나 무시한 줄 아냐? 이런 소리를 해서 뭐하겠냐…… 현우나 너나 나한텐 똑같이 소중한 애들이다. 저 방에 누워 있는 아기도 마찬가지고……"

 "그럼, 천년만년 사랑하며 살아보세요."

 "여울아, 여기 좀 앉아봐라. 그래 어떻게 집에 들어올 생각을 했냐? 말 좀 해봐라. 한 달 두 달도 아니고 근 반년 동안 어디서 뭘 하며 지냈는지…… 어디 들어나보자."

 "왜, 제가 돌아와서 기분 나쁘세요? 뭐가 궁금한 건데요? 걱정이라곤 눈곱만큼도 하지 않았으면서…… 아예 못 들어오게 열쇠까지 바꿨던 거 아니에요?"

 "언제 오긴 왔었냐? 좀도둑이 들어 카메라를 가져갔기에……

네 엄마가 열쇠장이를 불러 자물쇠를 바꿨다. 그 카메라, 네가 가져간 것 아닌가 하고. 돈이 생기면 계속 밖에서 떠돌 거 아니냐?"

"뭐라고요? 아빠는 언제나 저 여자가 하는 거짓말, 험담을 다 믿었었죠. 됐어요, 됐어. 내가 무슨 말을 하든 들리지도 않죠?"

"여보! 여보!"

어쩨 새엄마가 끼어들지 않나 했다. 새엄마가 거실로 걸어나온다.

"여보! 말해도 소용없어요. 제 엄마를 찾아갔다 왔으니 저리기가 살아 길길이 뛰죠. 지금까지 키워준 공도 모르는 배은망덕한 년! 가라고 하세요……"

나는 전의를 상실한 병사처럼 고개를 푹 떨어뜨린다. 젖은 운동화를 구겨 신고 밖으로 나온다. 정말이지 아빠를 만나 묻고 싶은 게 있었다. 내 걱정을 했는지, 내가 보고 싶었는지, 내 엄마 걱정을 했는지, 지금도 가끔 생각하는지 그리고 다시 한번쯤 만나볼 의사는 없는지. 나는 왜 한 번도 엄마에 관해 구체적으로 묻지 않았던 걸까? 뭐가 두려워서 모른 체했던가? 이제 내가 드디어 엄마를 찾았으니까 다 같이 만날 수 있다고 말해주고 싶었다. 죽기 전에 한 번은 만나야죠. 죽기 전에 화해하시는 게 어때요? 난 폼을 잡고 충고하듯 말하려고 했다. 하지만 모두 쓸데없는 생각이었다는 걸 이제야 알 것 같다. 그것뿐만 아니다. 굳이 내가 독립을 선언하지 않았지만 나는 독립이 되었다. 항일투

사처럼 비장하게 독립선언문을 낭독할 필요가 없어졌고, 미국 애들은 고등학교만 졸업하면 독립해서 산다는데요, 저도…… 라며 설득할 필요도 없어졌다. 모든 게 간단하게 정리되었다.

하지만 아빠가 나를 잡으러 뛰어나올 것이다. 뚱뚱해서 신발을 신는 데 오래 걸리기 때문에 조금만 더 있으면 아빠가 혈안이 되어 나를 붙들러 달려올 것이다. 나는 집 앞의 공터에서 공을 걷어차본다. 바람 빠진 공이 찢어진 비닐하우스 옆으로 굴러간다. 주우러 갈 기운도 없다. 배가 고프고 눈알이 빠질 듯 아프다. 아빠가 나오려고 할 때 새엄마나 이모가 말렸기 때문에 아빠는 나오지 못하는 것이라고 믿는다. '오히려 잘됐잖아요. 학비를 주지 않아도 되고…… 저리 나돌았으니 흠이 났을 테고…… 그럼, 어디 팔아먹기도 시원찮을 테니……' '저런 애는 고생 좀 해봐야 돼요. 그래야 정신을 차리죠.' 둘이서 아빠에게 속삭이고 있을 것이다.

아빠는 새엄마가 하는 말을 무조건 믿는다. 남매 간에 아무래도 수상했다고…… 순진한 현우를 내가 살살 꼬드겨서 대학 진로를 바꾸게 했다고, 내가 용돈을 보내달라고 보채서 현우가 입시학원 아르바이트를 했고 나 때문에 밤늦게 귀가하다가 뺑소니차에 치인 거라고, 새엄마가 흐느끼며 했던 말을 철석같이 믿었을 것이다. 사랑에, 아니 욕정에 눈먼 장님이라도 알 수 있을 텐데…… 난 진실을 밝혀야 한다. 무슨 일이 있어도. 언젠가 다 말할 수 있는 기회가 오겠지.

다시 비가 흩뿌리고 차가운 바람이 분다. 내가 눈물을 훔치든 카메라를 훔치지 않았든 비가 오고 바람이 불고 이 비가 그치고 나면 연둣빛 새싹이 세상으로 번질 것이다. 늙은 나무에도 꽃이 피고 열매가 매달리고 그 열매가 떨어진다고 해도 나무는 또다른 열매를 만들어갈 것이다. 새엄마는 언젠가 내게 말했다. 네 아빠가 그렇게 만류하고 닦달하지 않았다면 애를 다섯 명쯤 더 낳았을 거라고. 너 때문에 지운 애가 셋이라고 나를 노려보고 내 책과 공책을 발기발기 찢으면서 말했었다. 나는 새엄마의 출산 욕구를 이해할 수 없지만 그녀가 날 미워하는 이유를 알 것도 같다. 나의 고양이도 내가 자기를 무시하면 그걸 알고 발톱을 앙칼지게 세워 스크래처 매트를 긁어댔으니까. 그러고 보면 새엄마도 엄마도 불쌍한 여자다. 자신이 만든 피조물이 피를 흘리며 만신창이로 뒹구는 꼴을 보면서 껄껄 웃고 있을 신이 있을까? 그러니, 내게로 오면 되잖아, 나를 믿어, 구원해줄게, 이렇게 말하는 파렴치한 악취미의 신이 있다면…… 오죽했으면 인간에게 신이라는 환상이 필요했을까?

룰렛 게임

아직도 분이 안 풀린다. 누굴 잡고 흠씬 두들겨주거나 피 터지게 맞아보고 싶다. 사각의 링이 있다면 그 위로 기어올라가

세계 최고의 권투선수 멱살을 쥐고 시비를 걸 텐데…… 강펀치야, 나를 두들겨봐. 먹구름이 몰려가고 하늘은 나의 밀크처럼 아름다운 러시안 블루로 저물고 있다.

우리 집은, 아니지, 아빠와 계모가 사는 집은, 아빠와 계모와 그 새 아기, 연두라고 했나? 그들이 사는 집은 범어사 역에서 한참 숲 쪽으로 올라가는 길에 있다. 시에서 만든 커다란 공원묘지 옆을 지나 좀더 들어가야 몇 채의 가정집이 보인다. 그래서 택시를 타더라도 기사가 가기를 꺼려하는 곳이다. 왜냐하면 돌아 나올 때 빈 차로 나와야 하기 때문이다.

아빠가 가내공장을 할 때, 내가 폐암을 앓던 할머니 댁에서 아빠 손을 잡고 아빠 차에 올라 가내공장으로 돌아왔을 때 우리 집은 그 동네에서 가장 큰 집이었다. 물론 기계와 공장 직원, 소음으로 가득 찬 곳이었지만 돈 때문에 아빠가 괴로워하는 일은 없었던 것 같다. 공장 오빠들은 이따금 나를 괴롭혔지만 참을 만했다. 그 공장에서 만든 슬리퍼는 날개 돋친 듯 팔렸다고 한다. 물량이 없어 못 팔 정도로 잘 팔렸기 때문에 아빠는 다른 곳에 공장을 크게 짓기로 했다. 아빠와 그의 친구는 동업하여 사상공단에 최신식 기계를 넣고 공원을 대대적으로 모집했다. 우리도 사직동에 있는 넓고 넓은 이층 양옥집으로 들어갔다. 식모와 운전기사가 상주했다. 아빠는 흥청망청했고 엄마는 손도 까딱하지 않고 모든 일을 처리했다. 하지만 나에게는 용돈을 주지도 않고 속옷조차 제대로 사주지 않아 어떤 날은 식모 언니의 속옷을 빌려 입었다. 그 팬티를 입은 후에는 사타구니와 음모가 가려워서 미칠 뻔했다. 식모 언니는 "사면발니는 네 아빠한테서 옮은 거다"라고 말했다.

  그러고는 채 3년이 지나지 않아 아빠 공장은 부도가 났고 내가 중학교 2학년이 되던 해, 우리는 지금 살고 있는 다세대주택으로 들어갈 수밖에 없었다.

  '부자는 망해도 3년 먹을 것이 있다'는 말이 맞는 건지 모르지만, 이후로 새엄마나 아빠 누구도 일을 하지 않았다. 벌어도 빚쟁이들이 다 가져갈 거라고 말하면서 무조건 우리에게 근검절약을 외쳐댔다. 하지만 엄마는 차를 몰고 쇼핑을 다녔고 차 트렁크에는 아빠의 골프채 가방이 들어 있었다. 현우에게는 키에 맞는 바지를 사주면서 내가 체육복이 맞지 않는다고 하면 계집애가 키만 커서 뭐하냐고 작작 먹으라고 나무랐다. 내가 친구와 전화 통화를 길게 하면 코드를 뽑아 전화기를 던졌다. 새엄마는 나날이 히스테릭해져갔고 아빠와 다투는 날도 많아졌다.

  이런저런 생각을 하며 걸어도 지하철역은 한참 남았다.

  소변도 급하고 세수도 할 겸, 나는 공원묘지 공중화장실에 들어왔다. 황급히 첫번째 화장실에 들어가 변기에 앉는다. 불결하고 약간 으스스한 기분에 오줌이 찔끔찔끔 나온다. 그런데 바로 옆 화장실에서 들리는 이 기묘한 소리는? 누가 흐느끼나? 아니다, 밀크가 울 때 내는 소리와 흡사한 이 소리의 정체를 찾아 나는 살그머니 화장실 문을 열고 나와 옆쪽 화장실 문을 노크한다. 아무 응답도 들리지 않는다. 잘못 들었나? 길 잃은 고양이가 있나? 난 타일 바닥에 무릎을 꿇고 머리를 옆으로 푹 숙여서 문 아래 틈으로 화장실 안을 들여다본다. 신발이 보인다. 한 켤레의 운동화, 한 짝의 부츠. 나는 거칠게 문을 두드린다.

"안에 누구예요?"

"……"

"무슨 일 있어요?"

"……"

문에 귀를 갖다대고 들으니 쌕쌕거리는 숨소리가 들린다.

"미친 것들……"

내가 중얼거리며 손을 씻고 세수를 하려는데, 벌컥 화장실 문이 열리면서 두 사람이 쏟아지듯 나온다.

"야! 너 뭐라고 했어? 미친 것들이라고 했어?"

나보다 한참 어려 보이는 애가, 많아봐야 중학교 2, 3학년 되어 보이는 여자애가 나한테 반말을 한다.

"그래, 그랬다. 어쩔래?"

"이게 뚫린 입이라고……"

주먹을 쥐고 치켜올린 아이의 손이 바르르 떨린다. 다른 쪽 손에는 핫핑크색 팬티가 들려 있다. 이 애의 남자친구는 재미난 경기를 보듯 히죽히죽 웃는다.

"너희들 그 안에서 뭐했어? 더러워, 미친 것들…… 팬티까지 벗고…… 야동 찍냐? 그렇게 살고 싶냐? 아직 머리 꼭대기에 피도 안 마른 것들이……"

 말을 내뱉으면서도 아뿔싸 했다. 진짜로 펀치가 날아온다. 나는 화장실 문에 머리를 부딪치고 바닥에 대자로 뻗었다. 난 팔꿈치로 기어가 부츠 발목을 쥐고 넘어뜨린다. 운동화가 내 머리를 걷어찬다. 난 풍차처럼 한 바퀴 빙 돈다. 항복, 항복! 쏘리, 쏘리! 누워 있는 나를 한 번 더 걷어찰까봐 겁이 났지만 다행히 그 애들은 그것으로 타격을 멈춰주었다. 화장실 안에서 힘을 다 뺐는지 둘 다 뒷심이 딸렸다. 대신 나한테 삥을 뜯었다. 난 내가 가진 전 재산 8천 원 안팎을 자진납세하고 거기서 지하철 차표 살 돈만 도로 돌려받았다. 그들은 회전 원판에 화살을 쏘아 당첨된 사소한 경품을 받아가는 것처럼 당당하다. 나 또한 기분이 나쁘지 않다. 코피가 터지고 나니, 속이 좀 시원해진다. 돈이야 벌면 되고, 아니, 지현씨 집에 놔둔 내 가방 속엔 꽤 많은 돈이 남아 있다. 카페 아르바이트, 과외 아르바이트를 해서…… 정여울! 애썼다. 그리고 얼굴에 긁힌 상처쯤은…… 아니다. 흉터 생길 것 같다. 에이씨, 그 꼬맹이 새끼들 어디 갔어!

브라보, 마이 라이프

"돌아오면, 우리 결혼할 거다."
 내가 욕실에서 씻고 나오는데 지현이 동혁에게 이야기한다.

나 들으라는 듯이.

"이놈 말, 정말이에요?"

"그렇다니까……"

지현은 내가 말할 새도 없이 떠들기 시작한다.

"여울씨! 대학은 결혼해서도 다닐 수 있고…… 내가 이태리 가서 아빠도 잘 설득시킬 거야. 엄마는 벌써 승낙한 거나 마찬가지니. 아무 염려 말고 나한테 다 맡겨. 여울도 좋지? 찬성한 거다."

지현과 동혁은 술에 꽤 취한 것 같다. 내가 가방을 가지러 지현의 집에 들어왔을 때부터 거실 테이블 위에 와인 병이 다 비워져 있었다. 내 얼굴이 엉망인 걸 보고 지현은 깜짝 놀랐지만 동혁은 그럴 줄 알았다는 표정이었다.

"그거, 선균이한테 맞은 거죠?"

그는 선균이 나를 찾아 이리저리 쑤시고 다닌다는 말을 했다. 경찰도 매수해서 방관만 한다고…… 동혁은 카페 주인 여자와 결혼을 한 바로 그 남자다. 지현과 가장 친하다는 친구.

지현은 피아노 덮개를 열고 연주를 시작한다. 저 사람은 별걸 다 할 줄 아는구나.

"야! 그거 말고 에릭 사티 쳐봐. 〈Je te veux〉. 난 당신을 원해요, 말이야."

동혁이 내 손을 끌어 자신의 어깨 위에 올린다. 다른 손을 감싸 쥔다. 그의 왼손이 내 허리를 안는다. 난 엉거주춤 그의 품에 안겨 둥글게 원을 그리며 돈다. 그가 나를 이끈다. 지현은 건반을 두드리면서 몸을 비틀어 우리를 보며 웃는다.

"이게 왈츠 스텝입니다. 여울씨, 감각 좋은데요."

"예?"

"춤을 쉽게 배우겠다는 뜻이죠."

"……"

"여울씨, 냄새 좋은데요."

동혁이 내 뺨에 코를 대고 냄새를 맡는다.

"샴푸 냄새겠죠. 그만할래요."

내가 카펫 위에 주저앉은 후에도 피아노 소리는 멈추지 않는다.

"지현씨! 내 가방은요?"

"내가 숨겼어."

"내놔요!"

"뭐하게? 그 안에 별것도 없던데……"

"잠깐 밖에 볼일이 있어요."

"웬만하면 내일 해요. 밤도 깊어가는데……"

동혁이 새 와인 병을 가지고 와서 스크루를 코르크 마개에 꽂아 돌린다. 훈제 연어와 치즈도 있다.

"그래요. 여울씨! 나가지 말고 우리와 술 한잔해요. 이 녀석 내일이면 못 볼 텐데……"

"지현씨! 언제 출국해요?"

"모레 출국이지만 내일 오후엔 서울 가야지. 공항 근처에서 자고 새벽 비행기를 타야 하거든…… 여울도 같이 가면 좋겠는데, 여권 없지?"

"그런 거 없죠."

"내가 없는 사이, 여권을 만들어놓도록 해. 우리 신혼여행 가려면 필요하니까……"

"누가 결혼한대요?"

"또 그 소리! 같이 목욕도 했고…… 못 볼 거 다 본 사이잖아."

동혁이 머리를 감싸 쥐고 말한다.

"벌써 진도가 그렇게 나갔나? 여울씨! 이 호모새끼하고 결혼할 거예요? 애는 여자 앞에서 발기가 안 되는 놈인데, 좆도 요만해가지고……"

동혁이 새끼손가락을 치켜올리자. 지현이 그의 목을 팔로 감싸고 조르는 시늉을 한다.

"야야! 이동혁! 너 웃기지 마라. 술 취해가지고…… 모함하지 말라고……"

"예? 무슨 소리예요? 제가 지현씨하고 결혼하면 안 되나요?"

"이놈이 어떤 놈인지도 잘 알지도 못하면서…… 이놈 어디를 사랑해요?"

"알아요…… 예전에 맞선도 꽤 보러 다녔고, 그중에는 미스 부산 미인가 하는 여자도 있었고…… 나이도 많지만…… 그래도 착하고 부자안데다…… 제가 무슨 재주로 이런 사람을 만나겠어요? 아저씨는 카페 아줌마를 사랑해서 결혼했어요?"
"그건 뭐…… 사랑은 호르몬의 교란으로 생긴 일시적 착각이고……"
"제가 좀 청개구리 기질이 있어서요. 저는 지현씨와 꼭 결혼할 거예요. 애들도 축구 팀을 짤 만큼 낳을 거고요…… 죽을 때까지 오순도순 행복하게 살 거예요…… 지현씨! 내가 여기서 쭉 기다리고 있을 테니까 빨리 와야 돼. 이탈리아에서 며칠 있을 거야? 빨리 돌아올 거지?"

난 지현의 이마에 키스를 한다. 이 정도론 부족할 것 같아 눈에도 입술에도 키스를 한다. 갑작스러운 내 아양에 놀랐는지 아니면 동혁 때문인지 지현은 잠시만, 잠시만 하면서 물러앉는다.

우리 셋은 묵묵히 술을 마신다. 와인은 내 입에 맞지 않는 것 같다. 차츰 길들여지면 좋아하게 될 거라며 동혁이 기다란 내 술잔에 연한 황금색 술을 자꾸만 채워준다. 난 생태적으로 고상한 취향이 아닌가보다. 지현도 속이 거북한지 소파에 드러눕는다. 침대에 가서 자면 될 텐데……

나는 가방을 찾아들고 그 안에 지갑이 있는가를 확인한다. 내 책과 다른 물건들은 아직 인스턴트 파라다이스나 그 위층 방에 있을 것이다. 아 참! 은영이랑 솔이가 챙겨나왔지…… 그러면 지현씨 차 트렁크에 어제부터 있었겠구나. 내일 아침 일찍 갖고 올라와야겠다.

"저, 잠시 나갔다 올게요. 지현씨 깨면 말해주세요…… 아파트 열쇠는 챙겼으니까, 문 잠그고 먼저 자면 된다고요…… 아저씨도 여기서 자고 갈 거예요?"
 "술 먹다 어디 간다는 겁니까? 재미없게……"
 동혁이 양손에 술잔을 들고 비틀비틀 현관까지 따라 나온다. 내게 술잔 하나를 억지로 쥐여주고는 쨍, 소리가 나게 부딪친다.
 "건배! 여울의 앞날을 위해! 우리의 짧은 청춘을 위해!"

오프닝 세리머니

 오랜만이다. 휴학하고 나서 교정을 걸어보긴…… 솔이 내 얼굴을 보면 또 뭐라고 잔소리를 늘어놓겠지. 얼굴은 어쩌다 그랬니? 싸웠니? 다리는 괜찮니? 외투에서 나는 이 냄새는 뭐니? 야식으로는 뭐가 좋을까? 한꺼번에 다다다 물어올 거야. 3월 중순의 교정은 을씨년스럽다. 내가 입학했던 작년만 해도 이 시간까지 아이들이 여기저기 삼삼오오 모여서 떠들곤 했는데…… 마음껏 멋을 낸 새내기 커플이 시계탑 쪽에서 걸어오고 있다. 여자애는 가방에 넣어도 좋을 책들을 가슴에 안고 있다.
 오늘은 내 생애 가장 긴 하루다. 은영과 같이 솔을 만나려고 카페 앞에 가보았지만 간판 불이 꺼져 있었다. 10시 15분이면 아직 마칠 시간이 아닌데…… 카페 안으로 들어가볼까 했지만 계단이 어둡고 불길한 느낌이 들었다. 대중목욕탕처럼 낮은 조명은 타인을 부끄럽지 않게 배려하기 위해 켜둔 게 아니라 뭔가를 은폐하려는 것 같았다.

아무튼 솔에게 이 파란만장했던 하루를 털어놓고 의논을 하지 않으면 난 도무지 갈피를 잡지 못하겠다. 난 왜 이리 우유부단하고 약해빠졌나? 은영이는 나보다 현실적이고 또 학교에서 배우지 못한 것까지 잘 알고 있지만 오늘은 만날 수 없겠다. 지현씨하고는 소통에 한계가 있다. 또 지현은 내일모레 이탈리아로 출국해야 하니까 머리를 복잡하게 만들면 안 되겠지. 누군가 내 뒤를 밟는 것 같아 돌아보면 그저 행인들이 무심히 지나고 있다.

인문관 뒤편 작은 통로를 거쳐 나는 여학생실로 향한다. 여학생실 아크릴 간판이 흔들거린다. 솔아, 제발 거기 있어주라. 네가 기숙사에 갔거나 복사하러 나갔거나 식당에 갔거나 하면 난 이 자리에서 꼬꾸라질 것 같다.

내가 다가가기도 전에 문이 열린다. 여학생회 학생회실에서 다소곳이 한 사람이 밖으로 나온다. 그녀는 무릎을 살짝 구부리고 열쇠로 문을 잠그려고 한다.

"잠깐만!"

"어? 여울 선배!"

"안에 아무도 없어? 박솔은?"

"그러잖아도 선배 기다렸어요. 제가 지금까지 쭉요. 잠깐만요."

얼빠진 채 연주를 따라 방으로 들어간다. 연주는 이상하리만치 진지하고 날카롭고 차가운 느낌을 주는 애다. 하지만 사람이 겉보기와 다르다는 말은 이 애한테 딱 적용된다. 방이 어수선하다. 회색 캐비닛을 열고 매직과 전지 뭉치 뒤에서 뭔가를 찾아낸다.

"이 편지, 박솔 선배가 여울 선배한테 전해달라고 했어요. 무슨 일이 있어도 꼭 전해야 한다고……"

연주는 쓰고 남은 초대장 같은 걸 쓱 내밀어놓고 안경을 벗어 손수건으로 두꺼운 안경알을 꼼꼼히 닦는다.

"뭔데? 이것 때문에 여태 혼자 여기 있었어? 이 더러운 모포를 둘러쓰고? 밥은 먹었어?"

연주를 후문까지 바래다주고 난 우두커니 서 있다. 어디로 갈지 두리번거린다. 학교 안에도 짭새가 많다더니…… 천천히 걸어 학생회관 앞을 지나 불 밝힌 구도서관, 컴컴한 미술관도 지나왔다. 청동상 두 개가 두상을 비틀며 꿈틀거리는 것 같다. 저들도 나를 주시하는 기분이다. 가장 한적한 데를 찾아간다. 화강암으로 지은 박물관을 지나쳐 조금 걸으면 '콰이 강의 다리'가 나온다. 우리끼리는 그렇게 부르는 녹슨 철제 다리다. 다리 아래는 꽤 깊은 골짜기가 있고, 선배들은 저 계곡을 '미리내'라고 불렀지. 호명하는 순간, 그렇게 된다면 막대나선 은하, 무수한 행성, 블랙홀, 가득 찬 어둠도 아름다울 텐데…… 커다란 바위들도 솟아 있고 물이 소리를 내며 흘러간다. 이 넓고 황량한 교정에서 그래도 내가 좋아하는 곳이 있다면 여기다. 아카시아꽃이

지천이던 어느 날, 솔과 나는 콰이 강의 다리에 앉아 다리를 아래로 축 늘어뜨린 채 흔들며 노래를 불렀다. 엄밀히 말하면 난 그 애한테 〈그날이 오면〉이라는 노래를 배우고 있었다. 둘 다 목이 쉬어갈 즈음, 가만히 그 애에게 지난밤에 쓴 엽서를 건넸다. 붉은 옷을 입은 소녀가 신비하게 밤하늘을 날아가는 그림이 위로 보이도록 해서. "샤갈의 〈아크로바트〉잖아, 어릿광대." 그 앤 또 똑똑한 척을 했지. 샤갈은 민중을 위해 그림을 그렸다고. 꽃, 나무, 숲, 사람과 집이 다 그들을 위해 존재한다고 했지. 아닐 걸? 난 빡빡 우기지는 않았다. 쳇! 정작 난 그 엽서에 뭐라고 썼는지 기억나지 않는다. 마지막엔 진짜 좋아한다고 썼던 것 같다. 우린 피보다 진한 우정으로 맺어진 의자매라고, 영원히 변치 말자고 썼다가 유치한 것 같고…… 그리고 지민 선배한테 미안한 느낌이 들어 지웠었다. 그리고 조금 울었던가? 아니, 내 옆에 잠시 조그마한 선물처럼 있어주었던 그 사람은 솔이 아니라 지민 선배였나?

다리 입구엔 가로등이 켜져 있다. 하나, 둘, 셋…… 나는 다리 위를 스물한 걸음 걸어가 앉는다. 내 나이만큼 스물하나, 너무 이르거나 너무 늦은 나이. 그러니까 다리 중간쯤에 앉게 되었다. 엉덩이가 차갑지만 참을 만하다. 주변을 둘러본다. 아무도 없다. 손가락에 침을 묻힌다. 편지를 펼친다. 내가 준 엽서에 늦게 온 답장 같다. 세 장씩이나…… 심장이 두근두근한다. 하하하, 솔은 정말로 악필이구나.

이봐, 친구!

어젯밤은 어땠나? (자네가 이 편지를 언제 받아볼지 모르지만, 내 추측으론 오늘일 거라 생각하네. 명심하게, 자넨 솔의 손바닥 위에 있어.) 흐흐, 그 사람과 같이 잤는가? 지현이라는 그 아저씨, 돈도 많고 좋은 사람 같긴 한데 뭐 그리 미남은 아니지 않은가? 지현이라는 그 사나이, 돈 많고 좋은 사람이고 고마운 사람이긴 한데, 너무 희멀겋지 아니한가? 그래, 그와 결혼도 할 건가? 뭐 자네가 그 사람을 진심으로 사랑하고 있다면 별 문제가 없긴 하겠는데…… 혹시나 해서 말이지. 내가 조언 하나 해도 괜찮겠는가?

만약 자네가 지금 힘들고 괴로워서 의지할 데가 없어서 도피하고 싶은 심정으로 그 사람과 함께 지낼 생각이라면 다시 한번 생각해보길 바라네. 우리는 혼란과 궁핍, 절망에 직면해야 하네. 현재를 견뎌야 하네. 후견인에게로, 그늘로 피한다고 해서 문제가 해결되지는 않는다는 걸세(솔직히 나는 질투에 눈멀어서 뭔 말을 하는지 모른다네. 자네에게는 안정과 평화가 무엇보다 절실할 걸세. 잘 알면서도 난 자네가 그 사내와 안온한 곳으로 멀리 가버릴까봐 두려운 거라네. 자네를 사랑하네).

무엇보다 내가 이런 말을 할 자격이 있을까 싶네. 나 역시 지금 숨으러 가는 길이니까…… 자네도 아는가? 자넨 그사이 입원한 상태여서 자세한 정황을 잘 모르긴 하겠지만 언론보도 정도는 접했으리라 싶네. 지난주에 미문화원 점거 사건이 있지 않았는가? 그 과정에서 주사파 선배 몇 명이 연행되었고 지금은 우리 여학생회 회장인 보영 언니가 수배중이네. 나도 위험한 상황이라더군. 왜냐하면 나 또한 '반외세반독재애국학생모임'의 회원인데다 미문화원 점거 당시 내걸었던 플래카드도 내가 페인트로 적었다네. "농산물 수입개방을 결사반대한다"라고 쓴 그 악필 말일세. 그러니 누가 언제 고문을 당하다가 내 이름을 불어버릴지 모른다네. 게다가 학내엔 프락치들이 설치고 학교 측에서 장학금 명분으로 포섭한 세력들도 있어 여기 또한 맘 편히 있을 곳이 아니라는 게 확실하네. 그 불쌍한 적들까지 사랑하려고 하나 적의 얼굴을 알 수가 없으니…… 비밀이지만, 내 안에도 적이 있다네. 그는 조용히 공부나 열심히 하면서 장학금도 타고 무난히 시험도 패스하고 싶어하지. 엄마가 길에서 과일 행상한 돈을, 아빠가 염을 하러 다니며 받는 돈을 등록금으로 쓰며 공부를 등한시하고 싶지는 않다고 나한테 매일 울부짖는다네. 그 친구는 안정된 약사가 되고 난 후에 약자를 돕자고 설득하지. 그때까지 눈 딱 감고 공부만 하라고 부추겨. 그래서 그 녀석은 꿈속에서도 다리를 절룩거리며 도서관에 간다네. 가련하게도 그 녀석에게는 민주나 자유, 정의와 민중, 시국 등에 대한 관심이 없을 뿐만 아니라 거창한 일에 개입할 의사가 전혀 없다네. 민주화투쟁 경력을 발판으로 정치인이 된 선배들을 의심스러운 눈으로 경계하지. 꿍꿍이 없이 더러운 욕망 없이 헌신한다는 게 인간에게 가능한가를 자신에게 탐문하지. 흐흐, 내 유머가 맘에 드는가?

자네가 이 편지를 읽을 즈음엔 나도 하는 수 없이 어딘가로 피해서 잠적해 있을 것이네. 자네가 누구누구 자취방을 찾아보든 내 고향집으로 찾아가든 나를 만날 수 없을 것이네. 난 체구가 작아 숨기 쉬울 것이네. 그러니 허튼 수고는 하지 말라는 말이지. 하지만 걱정 말게. 우리는 다시 만날 테니까. 내가 자네를 얼마나 신뢰하고 사랑하는지 알아주길 바라네. 나는 머잖아 아무 일 없었다는 듯이 돌아와 오월제 준비를 할 걸세. 그땐 레즈비언과 게이 페스티벌도 열 계획이라네. 물론 자네나 나나 진정한 레즈는 아니지만…… 또 그걸 누가 알겠나? 자네는 자네의 성 정체성을 확신하는가? 아무튼 나는 성 소수자, 장애우, 도시 빈민, 나아가 접대부와 매매춘 종사자까지 아우르는 멋진 공동체를 꿈꾸고 있다네. 자네도 꿈이라는 걸 꾸기 바라네. 완전하고 절대적인 비관주의는 없다네.

집안일로 골머리 썩이지 말고 다른 이의 죽음을 자신의 탓이라고 자책하지 말기 바라네. 그렇게 하는 것은 자네가 무척 머리가 나쁘거나 낭만적 마조히즘 성향을 지녔기 때문이라고 볼 수 있다네. 사실 자네가 좀 변태이긴 하지만 건강해질 거라고 믿고 있네. 그렇게 웃지 말게나.

자네 덕분에 알게 된 은영, 왠지 맘이 쓰이네. 그 친구 주변엔 위험이 득실거리고 있는 것 같거든. 선균이라는 깡패새끼, 알고 보니 상습적 강간범 같더군. 절도나 살인도 하지 않았나 싶을 정도의 사이코패스 같다는 말일세. 겁 없이 설치지 말고, 모쪼록 자네도 조심하길 바라네.

해가 뜨고 있군. 난 어젯밤부터 지금까지 여기서 잠을 설쳤다네. 중요한 문건도 만들었어. 복도에서 신발 끄는 소리가 들리면 혹시 자네인가 싶어 내다보기도 했지. 인문관이 이상하리만치 조용하더군. 이만 장황설을 줄이겠네. 일주일 후(3월 21일, 오후 3시)에 거기서 만나기로 하지. 우리가 함께 갔던 '그 강가' 말일세. 꼭 '뼈' 있는 이야기를 해야만 알아먹겠나? 그때까지 보고 싶을 걸세. 설마 보안이 샐 리야 없겠지만 우리가 아는 암호처럼 말하는 것일세. 자네와 내 이름을 적지도 않았네. 내 어투가 맘에 드는가? 자네가 좋아하는 니체의 어투, 정확하게는 서툰 번역투로 말하는 것일세. 읽으면서 정말 재밌지 아니했는가?

마지막으로 니체의 글을 추신으로 덧붙이며 이만 줄이겠네. 7일 후 그곳에 내가 먼저 가서 기다리겠네, 천천히 오게.

추신,

언젠가 많은 것을 알려야 할 사람은 많은 것을 자신 속에 숨겨 둔다. 언젠가 번개에 불을 켜야 할 사람은 오랫동안 구름으로 살아야 한다.

―프리드리히 니체

눈물이 펑펑 쏟아진다. 아니, 아까부터 흐르고 있었다. 내가 왜 이러지? 그렇다고 눈물이 콧물이나 침, 오줌, 피, 고름 같은 분비물보다 더 값지거나 하다는 뜻은 아니다. 아무튼 난 울고 웃는다. 솔이 뭔 말을 이리 늘어놓았는지 다 이해할 순 없지만…… 아, 별이 아름답다, 끔찍하게. 반짝반짝하는 저 별 말고 별 뒤의 깜깜한 장막 뒤엔 뭐가 있을까? 나뭇가지 사이로 하늘과 땅이 서로 달라붙어서 번개도 불도 스며들지 않는 암흑, 암흑이 끝나면 더 짙은 암흑이 있는 건 아니겠지? 눈을 비벼도 여기가 어딘지 확실치 않다. 난 세상이라는 이상한 감옥에 갇힌 것 같다. 하지만 어딘가 출구는 있을 거다. 힘내자, 용기를 가져. 다시 처음부터 시작해보는 거야. 찬찬히 정정당당하게 내 친구와 함께. 나를 기다리는 내 친구에게 부끄럽지 않게…… 손바닥으로 얼굴을 빡빡 문지른다. 주먹을 불끈 쥔다. 난 내가 무척 맘에 든다. 나무들이 내뿜는 쾌적한 공기, 선하고 부드러운 물소리. 내게 악하게 굴었던 사람들에 대해 한없이 관대해지고 싶다. 주섬주섬 편지를 접고 일어선다.

 저만치 기다랗고 어슴푸레한 그림자. 누군가 다리를 향해 걸어온다. 저 사람이 잘 지나갈 수 있게 나는 몸을 앞으로 당겨 난간을 붙잡는다. 저쪽에서도 두 사람이 걸어온다. 다리가 흔들린다. 내 두 다리인지, 낡은 철제 다리가 이리 요란하게 흔들리는 건지. 왜 이 밤에 다리 양쪽에서 검은 양복을 입은 사람들이 걸어오고 있을까?

 "잡아! 어서 덮쳐. 도망 못 가게, 저년, 오늘 갈가리 회 쳐 먹어!"

 귀에 익은 목소리.

사람들이 뛰어온다. 어이쿠, 난 폴짝 뛰어 난간 위에 오른다. 이건 밀크가 잘하는 짓인데…… 난, 난, 〈아크로바트〉의 여자처럼 양손을 옆으로 살짝 벌리고 왼쪽 다리를 들어 오른쪽 다리 앞에 놓는다. 빙빙 팔이 프로펠러처럼 돈다. 하지만 몸은 날아오르지 않는다. 단순하고 평범한 방식으로 나는 이동한다.

해설

어떤 방황, 소수자의 통과의례
정영훈(문학평론가·경상대 교수)

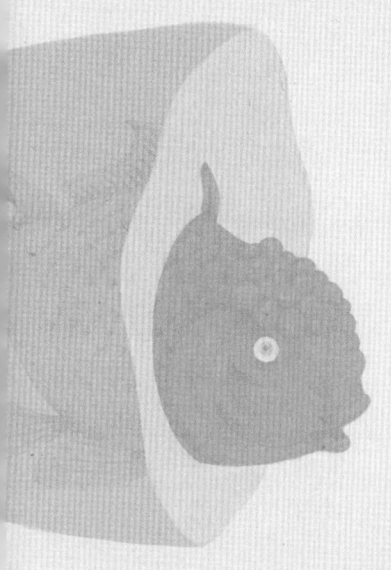

1

　김이듬이 소설을 썼다. 최근에 나온 것까지 포함해 모두 세 권의 시집을 낸 시인이 자기 몸에 익숙해진 글쓰기 방식을 고수하는 대신 이질적인 어법에 스스로를 적응시켜 무엇인가를 이야기하고자 했다면 그건 무엇인가 절박한 것이 있었다는 뜻일 게다. 그게 자기갱신의 욕구든, 이야기하지 않으면 안 된다는 부담감이든, 시로는 표현할 수 없었거나 불충분한 것들을 표현하고 싶은 욕심이든, 아니면 다른 무엇이든, 어쨌든 흥미로운 일이다.
　'80년대'라고 불리는 시대가 있었다. 우리나라 정치 역사상 가장 뜨거웠던 시대. 80년대를 열어젖힌 그해 신군부가 정권을 완전히 장악한 가운데 광주에서 비극적인 사건이 일어났고, 사람들은 저항했다. 공부보다는 정치 현실에 관심이 더 많았던 대학생들에게 학습의 장소는 강의실이 아니라 세미나 자리였고, 길거리였고, 공장이었다. "개인적이고 이기적인 삶을 사는" 건 허락되지 않았고, "최루탄 터지고 화염병이 난무하는 교정을 다니면서" "아무 생각도 없"이 살기란 어려웠다. "커리큘럼이니 문건이니 달달 외우고 스트라이크를 위해 짱돌이나 깨"는 게 그들이 주로 하는 일이었다.

그리고 그 정점에 1987년이 있었다. 서울대생 박종철이 물고문으로 숨졌고, 4·13 호헌 조치(기존의 대통령 선거 방식인 간접선거를 고수하겠다고 발표한 특별담화 내용) 반대 시위에 나섰던 연세대생 이한열이 최루탄에 맞아 숨졌으며, 이 일이 계기가 되어 이른바 6월 항쟁이 전개되었다. '구국의 강철대오' 전대협이 출범한 것도 이 해였다. "그땐 다들" "너나없이 호헌철폐를 부르짖었다." "어깨 걸고 거리로 나갈 수밖에 없는 시국"이었다. "안 그랬으면 완전 매국노로 몰렸을" 것이다. 그 뜨거운 열기 속에서 여당의 총재였던 노태우가 6·29 선언을 하고 대통령 직선제 개헌을 약속했다. 그러나 승리의 분위기도 잠시, 두 야당의 당수였던 김영삼과 김대중은 끝내 후보 단일화에 합의하지 못했고, 그렇게 치러진 선거(12.16)에서 노태우가 대통령으로 당선되었다.

소설은 이 뜨거운 시기를 배경으로 하고 있다. 이 시기는 작가가 대학에 들어간 무렵과 겹친다. 소설에는 잘 알려진 작가의 체험적 사실들을 연상케 하는 대목들도 꽤 많다. 보기에 따라이 소설은 1990년대 이후 우리 문단에 숱하게 나왔던 이른바 후일담소설같이 여겨지기도 하지만 그렇게 보기는 좀 곤란하지 싶다. 후일담이 되려면 화자가 서술된 사건보다 시간적으로 앞서 있으면서 지난날을 돌아보는 형식이 되어야겠지만, 이 소설의 경우는 그렇지가 않다. 화자는 인물들과 더불어 사건이 벌어지는 현장 바로 그곳에 있다. 이를테면 화자도, 서사도 모두 80년대에 묶여 있는 것이다. 작가는 2000년대 현실 속에서 80년대를 되짚어보거나 현재를 반성적으로 성찰하기 위한 거울을 마련하려는 욕망을 조금도 드러내지 않는다. 그 시대를 충실하게 재현해내는 데 목적을 두지도 않은 것 같다. 작가는 하필이면 우리 역사에서 가장 뜨거운 시기에 이십대를 보낸 청춘들의 이야기를 욕심부리지 않고 최선을 다해 들려주고 있을 뿐이다.

2

소설은 다섯 개의 공간을 번갈아, 또는 차례로 이동해가며 이야기를 풀어간다. 지민의 집, 카페, 지현의 집, 아빠가 새엄마와 함께 살고 있는 집, 엄마가 전도사로 있는 교회. 이 다섯 개의 공간을 이동해가는 과정은 소박하나마 이 소설을 탐색의 서사와 성장의 서사로 읽게 만든다. 이야기가 그리 길지 않은 데 비하면 화자이자 주인공인 여울이 머무는 공간의 개수는 좀 많은 편이다. 이것은 여울이 경험한 방황의 깊이를 옮겨 다닌 공간의 개수로 바꾸어 표현한 것이리라. 이제 순서를 따라 그 속에 살고 있는 사람들의 모습과 여울이 그들과 맺는 관계들을 하나하나 살펴보려 한다.

1) 소설에서 서사를 이루는 몇 개의 중심 줄기 가운데 무엇보다 눈에 띄는 것은 여울과 지민의 관계이다. 둘은 "지난여름"(16쪽), 그러니까 6월 항쟁의 기운으로 온 거리가 뜨거웠던 바로 그곳에서 만났고, 시간이 지나 여울이 집을 나오면서 같이 살게 되었다. 둘에게서는 손을 잡고 나란히 잠을 청하고, 가벼운 입맞춤을 하는 등, 조금 가벼운 동성애적 관계가 느껴지기도 한다. 흥미로운 것은 이 관계를 대하는 지민의 태도이다. 지민은 여울에게 차라투스트라를 읽으라고 권하고 가끔씩은 커리큘럼이나 '문건'을 건네주고, 여울의 개인적이고 이기적인 삶을 나무라기도 한다. 운동권인 지민으로서는 당연한 일일 수도 있겠지만, 어쩐지 그런 행동들은 둘의 관계를 동성애적 관계가 아니라 동지적 유대로 이해하고 싶은 지민의 속내를 엿보게 한다. 여울의 현재를 가벼운 일탈로, 이를테면 몇 달 전 사고로 죽은 동생 때문이라고 여기는 것도 같은 맥락에서 이해할 수 있다. 여울이 순수하게 지민을 사랑한 것이라면, 지민은 자기감정을 부정하거나 이념적으로 포장하려 했던지도 모르겠다.

지민은 자기의 사적인 감정을 공적인 감정과 뒤섞어 이해하는 버릇이 있다. 적어도 감정의 문제에 있어서만큼은 좀 미숙했다고나 할까. 지민은 누구보다 시대를 아파했지만, 시대가 처한 현실과는 상관없이 그녀 자체만으로 충분히 아픈 사람이었다. 무엇보다 서울로 시집간 그녀의 언니가 2년 전 목을 매고 죽었다. 언니가 목을 맨 이유가 무엇이었는지는 모르지만, 분명한 것은 언니의 자살로 인해 남은 식구들이 무척 아프고 힘들었으리라는 사실이다. 그 때문인지 그녀는 버릇처럼 늘 손톱을 물어뜯곤 했다. 그녀의 손은 "손톱을 다 물어뜯어서 피가 날 지경"(17쪽), "너무 물어뜯어 피가 날 지경"(46쪽)이었다. 그녀가 죽고 난 후 동료들 사이에서는 그녀가 "평소에 우울증인지 공황장앤지를 앓아왔다고…… 매일 약을 한 움큼씩 먹었다고"(58쪽) 하는 소문이 떠돌았다. 허튼소리는 아니었을 것이다. 지민이 선균에게 성폭행을 당한 후, 임신 사실을 알고 목숨을 끊기까지 걸린 기간은 불과 며칠이 안 된다. 길어야 일주일에서 열흘? 이 성급함이 말하는 것은 무엇일까. 지민은 늘 어떤 조바심에 사로잡혀 있었던 것은 아닐까. 언니를 자살로 몰고 간, 어쩌면 자기 몸속에도 들어 있을지 모르는 그 '나쁜 피'가 끓어오를 시점이 언제일까 물으면서.

그녀가 기꺼이 가난하고 소외받는 사람들을 위해 자기 몸을 던진 것도 그녀의 순수한 정치적 열정으로만 보이지 않는다. 그녀는 "자진해서 세상의 모든 병을 다 앓으려는 사람"(28쪽)이었다. 그녀는 자기가 앓고 있던 아픔과 시대의 아픔을 분간할 능력이 없었던 것인지도 모른다. 이 두 아픔을 마구 뒤섞은 채, 자기 아픔을 시대의 아픔으로 치환하거나 시대의 아픔을 자기 아품으로 느꼈을지도. 아니, 어쩌면 지민이 대학을 다녔던 이 시대 자체가 개인적인 감상과 시대적인 고뇌가 구별되지 않는 가운데 무엇인가 알 수 없는 우울에 사로잡혀서 살던 그런 시대였던지도 모른다. 바로 그런 이유로 어떤 사람들은 강박적으로 이 둘을 구별해내기 위해 진력한다. 지민의 동료들이 그랬던 것처럼. 지민이 죽은 후, 동료들은 그녀의 죽음을 몇 달 전 있었던 어느 열사의 죽음과 비교해보다가 이내 그 일을 멈춘다. 둘 사이에 유사성이 전혀 없다고 판단했기 때문일 것이다.

여울은 복수를 꿈꾼다. 실제로 복수에 나서기도 한다. 그러나 선균에게 오히려 폭행을 당하고 병원 신세를 진 이후부터 서사는 복수와는 전혀 무관하게 흘러간다. 여울이 마음속으로 복수를 다짐하는 대목은 몇 차례 나오지만 선균이 아예 텍스트에서 사라져버리고 말아 복수를 중심으로 한 서사 진행은 완전히 불가능해지고 만다. 그런데 사실을 말하면, 선균에게 복수한다는 것은 처음부터 좀 가망 없는 일이었다. 여울이 힘이 약해서라거나 그런 이유 때문이 아니라, 지민이 죽은 이유가 임신이라는 이유 하나로 요약될 수는 없기 때문이다. 이미 말했듯이 지민은 사적인 감정을 공적인 감정과 뒤섞어 이해하는 버릇이 있었다. 지민이 미숙했다고 할 수 있을지는 몰라도, 지민의 동료들이 그랬던 것처럼, 이 죽음이 순전히 사적인 것이라고 여기는 것은 좀 곤란하지 않을까. 선균에게 복수를 하는 순간 지민의 죽음은 한 가지 의미로 축소될 것이다. 그러니 복수는 연기될 수밖에 없다.

2) 여울이 일하는 카페는 이야기의 전개 과정에서 매우 중요한 역할을 한다. 서사를 지탱하는 주요 인물들과 이야기들이 이곳을 매개로 연결되기 때문이다. 이를테면 여울이 이곳에서 일하지 않았다면 지민이 선균에게 성폭행을 당해 자살하지 않았을 것이고, 지민이 죽지 않았다면 지민의 고향으로 가는 버스 터미널 앞에서 여울과 솔이 마주치는 일은 생기지 않았을 것이고, 여울이 선균에게 복수하러 가는 일도, 선균에게 폭행당할 위기에 처하는 일도 없었을 것이며 지현과 가까워지는 데 좀더 시간이 걸렸을 것이다. 아니, 그 이전에 여울이 이곳에서 지현을 만나지 못했다면 지현과 사랑에 빠지는 일도 없었겠고, 지현의 엄마를 통해 엄마가 있는 곳을 알아내는 일도 일어나지 않았을 것이다. 카페는 사람들의 만남을 주선하고 여러 서사적 요소들을 중재하고 있다. 또 그런 만큼 이곳은 다층적인 의미를 지니고 있기도 하다.

지민은 여울이 아르바이트를 시작했을 때 이렇게 몰아붙였다. "뭐 그런 거지 같은 아르바이트를 한다고 설쳐대느냐, 내가 언제 생활비 보태라고 했느냐, 그렇게 살려고 집 나왔느냐, 차라리 굶어 죽"어라.(16쪽) 마르크스주의 이론을 학습했을 지민에게는 이곳이 타락한 부르주아들의 서식처로 여겨졌을지도 모르겠다. "서울 S대에서 미학을 전공" 했고 "민주적이고 선동적이며 홀딱 반할 만큼 미남이라고 소문"(24쪽)난 대학 강사는 여울이 〈아침이슬〉을 부르자 "그렇고 그런 술집 아가씨들"이 "어떻게 이 거

록한 운동가요를 이런 데서 부를 수 있냐고"(26쪽) 불쾌해한다. 그에게는 이곳이 퇴폐의 온상으로 여겨졌던 것일까. 그렇다면 그런 곳인 줄 알면서 이곳을 찾은 것은 또 어떻게 이해해야 할지 의문이다. 한편 여울에게 이곳은 몇 가지 방식으로 학교와 연결되어 있다. 여울은 이곳에서 얻는 수입 외에 지현에게 독일어를 가르치며 받은 돈을 모아 등록금을 마련하고, 시험기간에는 와서 공부를 하기도 한다. 소설에는 학교를 배경으로 하는 장면이 의외로 적은데(휴학계를 내기 위해 찾아가거나 휴학을 한 후 들르는 장면 정도가 전부다), 그건 여울의 경우 카페가 학교를 대신하고 있기 때문이다.

　지민이 죽은 후 여울은 카페 주인의 배려로 카페가 있는 건물의 조그만 방으로 거처를 옮기게 된다. 그러나 처음부터 이곳은 여울이 살 만한 곳이 아니었다. 선균이 지민을 성폭행한 사실을 알게 되고, 여울이 복수를 시도하다 폭행을 당하는 과정에서 카페는 성적 욕망이 들끓고 폭력이 난무하는 공간으로 변모한다. 여울을 친동생처럼 여기며 온갖 호의를 베풀던 카페 주인도 이 일이 있고부터는 여울을 대하는 태도가 조금씩 달라진다. 여울이 카페를 떠나는 것은 자연스러운 수순이다. 카페 주인의 호의로 여울이 일을 시작하고 그게 빌미가 되어 지민이 죽게 된 것이 하나의 아이러니라면, 여울이 선균에게 폭행을 당한 바로 그곳에서 지현의 도움으로 위기를 모면하게 되는 것은 또 하나의 아이러니일 것이다.

3) 지현의 집과 그 연장선상에서 이해할 수 있는 병원은 소설 전체를 통틀어 가장 비현실적인 공간이다. 이곳에서는 온갖 환대가 자연스럽게 베풀어지고, 사람들의 관계가 급속도로 가까워진다. 이를테면 (지현은 여울을 사랑하고 있으니 그렇다고 쳐도) 지현의 엄마가 여울을 대하는 모습은 여울이 옛 친구의 딸이라는 사실을 고려하고 보더라도 지나치다 싶게 자상해 보이고, 여울과 솔, 여울과 은영의 관계는 그 이전보다 훨씬 더 친밀해진다. 닮은 구석이라고는 찾아보기 어려운 사람들이 스스럼없이 서로를 대하기도 한다. "오른쪽 다리를 절룩이는 나, 왼다리를 저는 솔, 나나를 연상시키는 초콜릿색 코르덴 원피스에 배를 쑥 내밀고 걷는 은영, 그들과 나란히 걸어가는 말쑥한 차림의 청년. 누가 봐도 이상한 조합"(130~131쪽)의 사람들이 한자리에 모였는데 그게 어색해 보이지 않는다.

여기서는 사람들이 대책 없이 보일 만큼 밝고, 누구라도 쉽게 용서할 수 있을 것처럼 관대해진다. 지현이 여울에게 "가족들과 화해"(112쪽)하기를 바라고, 은영의 뱃속에 든 아이를 생각해서라도 선균의 일은 "까맣게 잊어버리고…… 용서할 수 있으면"(154쪽) 좋겠다고 말할 때, 그 이야기는 진실하게 들린다. 여울과 지현은 부모 중 한쪽과 같이 살고 있다는 점에서 닮았다. 여울은 아빠가 외도를 해서 엄마가 집을 나갔고, 지현은 엄마가 외도를 해서 아빠가 집을 나갔다. 둘은 집을 나가게 한 한쪽 부모로부터 큰 상처를 입었는데, 이를 처리하는 방식이 좀 다르다.

여울은 아빠를 사랑하면서도 한편으로는 미워하지만 지현에게는 그런 마음이 전혀 없다. 여울이 집 나간 엄마를 조금은 증오하고 있는 것과 달리 지현은 집 나간 아빠에게 동정적이다. 지현은 여울이 자기와 같은 마음을 품기를 진심으로 바라고 있다. 선균의 아이를 갖게 된 은영마저도 지금 당장에는 혼자서 그 아이를 낳아 기를 수 있을 것 같은 마음이 든다.

여기서는 또 사람들이 어린아이가 된다. 지현과 여울은 선을 그어놓고 그 안에서만 사랑을 나눈다. 이를테면 애무는 있지만 성관계는 없다. "여울! 이대로 널 안고 잠들면 좋겠어. 그럼, 우리는 날 수 있을 거야. 아, 이건 꿈만 같아……"(114쪽) 이런 오글거리는 대사가 나와도 견딜 준비가 되어 있다.

이 모든 것은 이들의 성적 성향과 무관하지 않아 보인다. 모두 그런 건 아니지만 이 공간을 점유하고 있는 대부분의 사람들은 동성애적이거나 양성애적인 성향을 조금씩은 지니고 있다. 지현의 엄마는 양성애자다. 그녀는 젊은 여성 영화감독과 사랑에 빠졌고, 지현의 아빠는 그 충격으로 도망가듯 이탈리아로 유학을 떠났다. 지현에게는 다분히 여성적인 면이 있다. 지현은 카페 주인과 결혼한 "건축기사" 친구와 "그 친구가 설계한 집에서" "같이 살려"(79쪽) 했다고 이야기한 적이 있는데, '같이 산다'는 의미는 조금 깊은 뜻에서의 '동거'였을 가능성이 높다. 지현이 "여자 앞에서 발기가 안 되는 놈", "호모새끼"(201쪽)라는 친구의 말도 단순한 농담은 아니었을 것이다. 그러니 이곳에서 베풀어지는 모든 환대와 관용과 용서는 가부장적이고 이성애적인 사람들은 줄 수 없는 그런 것일지도 모른다.

이미 본 것처럼 여울 역시 동성애적 성향이 다분하다. 여울은 이곳에 정착할 수 있을까. 지현이 바라는 대로 둘이 결혼을 하게 되면 그렇게 되겠지만, 당장에는 이 일이 이루어질 것 같지는 않다. 나중에 솔은 여울에게 이런 충고를 한다. "힘들고 괴로워서 의지할 데가 없어서 도피하고 싶은 심정으로 그 사람과 함께 지낼 생각이라면 다시 한번 생각해보길 바라네. 우리는 혼란과 궁핍, 절망에 직면해야 하네. 현재를 견뎌야 하네. 후견인에게로 그늘로 피한다고 해서 문제가 해결되지는 않는다는 걸세." (207쪽) 앞서 이곳이 소설 전체를 통틀어 가장 비현실적인 공간이라고 썼듯이, 이곳은 어떤 "동화"(134쪽)적인 요소에 의해 지탱되는 것처럼 보인다. 혹 여울이 이곳에 정착한다고 하더라도 그러기 위해서는 우선 "혼란과 궁핍, 절망"으로 가득한 "현재"와 맞닥뜨리는 일이 필요하다. 아직 통과해야 할 관문이 많이 남았다는 뜻이다.

4) 김이듬의 시들 가운데는 모성으로부터 버림받은 데서 오는 상실감과 자기부정을 그린 작품들이 여럿 있다. 은유적이고 또 다소간에 환상적인 이들 시가 조금씩 겨우 보여준, 김이듬의 체험적 사실과 직접 연결되는 이야기들을 소설은 좀더 직접적으로 들려준다.

여울의 엄마는 여울이 어릴 때 집을 나갔다. 혼자 그네를 탈

수 있을 정도의 나이였으니 그때 여울의 나이가 세 살쯤 되었을 거다. 여울은 엄마의 얼굴은 기억에 없고 이름만 알고 있다. 아빠가 알려주었을 것 같지는 않고, 짐작컨대 글자를 읽게 된 후 엄마의 이름이라도 알기 위해 기를 쓰고 어떤 흔적을 찾으려 했을 것이다. 엄마 없는 여울의 "유년"과 "사춘기"는 "하루하루가" "비참"(173쪽)의 연속이었다. 여울에게는 이런 기억도 있다. "그 베개는 엄마 냄새가 나는 소중한 물건이었고 내가 하도 만지작거려 찢어지고 해져서 먼지도 풀풀 났다. 하지만 난 잠들 때마다 그 베개가 없으면 잠들기 어려웠고 자더라도 자꾸 깼으며 자주 가위눌렸다. 그래서 큰집에 제사 지내러 갈 때도 큰 종이가방에 넣어가곤 했다."(76쪽) 이 베개는 나중에 새엄마가, 여울이 자기를 '엄마'라고 부르지 않는다는 이유로 여울이 보는 앞에서 불태워버렸다. 선균에게 성폭행당할 위기의 순간에 여울이 찾은 것도 엄마였다.

여울에게는 엄마가 사무치는 그리움이었다. 누군들 그렇지 않겠는가. 작가는 시적 화자의 목소리를 빌려 "버림받은 어린 딸이 엄마를 찾아가는 것은 별이 뜨는 이유와 같습니다"(「유령 시인들의 정원을 지나」)라고 쓴 적이 있다. 별이 뜨는 게 자연스러운 일이듯이 버림받은 어린 딸이 엄마를 찾아가는 것은 당연한 일이다. 엄마가 있는 곳을 알게 되었을 때, 당연하게도 여울은 엄마를 찾아간다. 그렇지만 엄마는 그렇지가 않았던 모양이다. 사람들에게 물어물어 엄마가 전도사로 있다는 교회를 찾아가면서, 여울은 "슬레이트 지붕 처마 아래 서서 쿵쾅거리는 심장을" 억누르며 혼자서 이런 상상을 해본다. "너무 놀라면 어떡하지? 감격적으로 얼싸안고 엉엉 울어버리면 무슨 말로 달래야 하나?"(169쪽) 그러나 여울과 대면한 엄마의 모습은 오랫동안 보아온 사람처럼 심상하기 그지없다. "너무 자연스러워서 오히려 어색하게 들리는 인사말"(170쪽)을 나누고, "강진애 전도사님이시죠? 본명은 강정옥…… 제 엄마 맞으시죠? 그간 안녕하셨어요?"(170쪽) 이런 어색한 말을 주고받은 후 두 사람은 기도를 하고 밥을 먹는다. 그리고 길게 이어지는 어머니의 이야기. "비도덕적이고 비윤리적"인 아버지 집안의 지저분한 혈통에 대한 멸시와, 늦깎이 신학생으로 새롭게 출발하여 전도사가 된 지금까지의 "은혜로운 삶"에 대한 감사와, 여울이 "탈선하지 않고 불구가 되지 않고 몸 성히 자란 것은 온전히 주님이 눈동자처럼" "지키고 보호하기 때문"(175쪽)이었다는 고백과, 교회에 나가라는 권유. 그리고 마침내, 심방하러 가야 하니 이제 그만 가보라는 이야기를 끝으로 여울은 쫓기듯 그곳을 나온다. 뒤이어 어머니의 찬송가 소리가 들려오고. "나 같은 죄인 살리신 주 은혜 고마워……"(176쪽)

여울은 이 자리에서 자신이 버림받은 존재라는 사실을 재확인했을 따름이다. 버림받았다는 느낌은 하도 강렬해서 여울은 종종 자기파괴의 열망에 사로잡히기도 한다. 이를테면 지민이 죽은 후 "왜 내가 사랑하는 사람은 모두 나를 떠나갈까? 왜 다 날 내팽개치거나 죽는 거야?" 하는 물음 뒤에 "나도 죽을 거야"(84쪽)라고 외치거나 "난 다시 아무도 사랑하지 않을 것"(84쪽)이라고 다짐할 때, 병원에서 깨어난 후 "난 동상처럼 우상처럼 철저히 부서져야 하는데…… 살아서 나는 계속적으로 사람들에게 폐를 끼친다"(98쪽)고 자책할 때, 지민과 동생 현우의 죽음이 자기 때문이기라도 한 것처럼 "내가 그들을 죽인 것 같다. 난 살인자다." "그러고도 네가 살아 있을 자격이 있다고 생각하나? 어림도 없지. 설마 행복을 넘보는 건 아니겠지?"(130쪽) 하고 자조할 때, 그런 것들을 느낄 수 있다.

  버림받았다는 것은 이제 돌이킬 수 없는 사실이 되었다. 교회를 나오면서 여울은 엄마와 엄마가 믿는 신을 싸잡아 비난한다. 이럴 줄을 미리 알고 여울은 이런 욕을 했던지도 모르겠다. "Mother fucker, God fucker."(17쪽) 버림받았다는 사실은 변함이 없지만 여울이 자기가 버림받은 이유를 자기 아닌 다른 누군가의 탓으로 돌리고 있는 것은 눈에 띄는 변화다. 탓으로 돌리는 이런 의식이 여울을 크게 바꾸어놓지는 못하겠지만, 그래도 자신을 향해 쏘아대는 화살이 조금쯤은 무뎌질 법도 하다.

  5) 소설은 여울이 집에서 나왔다 돌아가는 두 가지 화소를 이야기의 첫머리와 끝머리에 나란히 배치해놓고 있다. 여울이 집을 나와 지민과 동거를 시작하면서 이야기가 시작되고, 여울이 다시 집을 찾아가면서 이야기가 마무리된다고나 할까. 물론 여기서 이야기가 마무리된다는 것은 소설이 끝난다는 뜻이 아니라

머물 공간을 찾아다니는 여울의 탐색이 완료된다는 뜻이다. 소설의 주요 사건들은 보기에 따라 여울이 집으로 돌아가기까지의 시간을 지연시키기거나 앞당기기 위한 장치처럼 여겨지기도 한다. 이와 관련이 있는 두 개의 장면이 있다.

장면 하나. 여울이 아르바이트를 시작하고 며칠이 지나지 않은 어느 날, 아직 가게 문을 열지도 않았는데 "웬 키 큰 아저씨"가 들어온다. 순간 여울이 상상의 나래를 펼친다. "아뿔싸! 이럴 수가…… 아빠다. 아빠가 학과사무실에 가서 친한 선배의 이름을 알아내고 내가 사는 곳을 찾아 약도를 보며 학교 후문으로 달려가 꽃집과 편의점, 부동산을 건너뛰고 굴다리 아래를 지나 후미진 골목으로 헐떡거리며 달려갔던 거다. 선배 목을 쥐고 내가 어디 갔는지 말하라고 다그친 후 여기까지 한달음에 달려온 거다."(21~22쪽) 여울은 지금 아빠가 자기를 찾으러 왔다고 생각하며 감격해한다. 아빠가 뭔가를 알고 이곳으로 왔다면 여울이 상상한 것과 같은 복잡한 경로를 거쳤을 수밖에 없다. 아빠는 여울을 찾기 위해 이 길고 복잡한 과정을 마다하지 않았던 거다! 그러나 그게 아니었다. 그 "키 큰 아저씨"는 화장실을 빌려 쓰기 위해 잠깐 가게에 들어온 것일 뿐이었다. 그러니까 여울이 착각을 한 거다. 여울은 "맥이 탁 풀리면서 바닥에 풀썩 주저앉고 말았다." 그래, 그럴 리가 없지. "내 생각을 할 리도 찾아올 리도, 실종신고를 할 리도 없을 텐데……"(22쪽)

그리고 곧바로 이어지는 장면. 여울이 기억하기로, 자신이

"아빠의 살과 접촉한 것은 초등학교 2학년 때, 딱 한 번이다." (22쪽) 더운 어느 여름날 엄마 꿈을 꾼 여울은 잠결에 고무줄놀이를 하다 미끄러져 책상 모서리에 머리를 찧는다. 이마에서 피가 콸콸 쏟아지는 채로 아빠를 찾아갔고 혼비백산한 아빠는 여울을 들쳐 업고 죽어라고 뛴다. 아빠의 러닝셔츠가 시뻘겋게 물들었고, 여름이었는데도 추워서 얼어 죽을 것 같았고, 너무 졸렸지만, 또 "너무너무 좋았다." "온천장 복개 다리를 지나면서" 여울은 이 시간이 길게 이어지기를 바라며 이렇게 기도한다. "저 병원 불빛이 더 멀리 있으면 얼마나 좋을까요, 하느님! 제발 이 다리가 폭삭 무너지게 해주세요."(23쪽)

 이 두 개의 장면은 여울이 아빠와의 감정적 유대에 얼마나 목말라 있는가 하는 것을 알게 해주는 한편 시간의 지속과 관련한 여울의 상반된 욕망을 보여주고 있다. 첫번째 장면에서 여울은 아빠가 찾아와 집으로 돌아가는 시간을 앞당겨주기를 바라고, 두번째 장면에서는 다리가 무너져 아빠의 등에 업혀 있는 시간이 무한히 길어지기를 바란다. 양상은 다르지만 그 속에 담긴 여울의 욕망은 동일하다. 여울은 자주 이런 생각을 한다. "조만간 아빠한테 가서 내가 집을 나올 수밖에 없었던 이유를 설명하고 정정당당하게 독립을 선언하겠다."(83쪽) 이 문장에서 중요한 것은 "가서"라는 단어다. 독립 선언은 집으로 가기 위한 명분 쌓기에 불과하고, 여울은 지금 집에 돌아가고 싶은 거다. 그러나 다리가 무너지는 일이 일어나지 않은 것처럼, 아빠가 여울을 찾으러 오는 일도 없었다. 집으로 돌아가는 시간도 단축되지 않았다. 5개월 가까운 날이 흐르고 나서야 비로소 여울은 집을 찾아간다. 자기를 찾아주기를 기대하며 벽장 속에 들어간 아이가 아무리 시간이 흘러도 자기를 찾는 사람이 없어 스스로 문을 열고 나올 때의 바로 그런 심정으로. 혹 집 나간 아들의 귀환을 따뜻하게 맞이하는 신약성서의 저 유명한 아버지 이야기를 혼자 떠올렸을지도 모르겠지만, 역시나 그런 일은 일어나지 않았다.

여울이 오는 것을 본 아빠는 잠시 "노여움"(188쪽)을 내비친다. 그러나 그게 전부다. "이내 고개를 숙이고" 깎고 있던 발톱을 마저 깎는다. 못 보던 젖먹이를 안고 나타난 새엄마는 여울을 못 잡아먹어 안달이다. 집을 나갔던 건 자기를 찾아달라는 사인이고, 자기 빈자리를 느껴보라는 암시인데, 아무래도 그건 패착이었던가보다. 전에는 현우가 그 자리를 차지했는데, 현우가 죽고 나니 젖먹이 아이가 대신 그 자리를 차지했다. 험한 이야기들이 오가고 여울은 집에서 나온다. 독립을 선언할 필요는 아예 없었다. 아무도 여울을 잡지 않았기 때문에. 누군가의 말을 빌려서 이야기하자면, 가족이 없는 여울은 이제 자유다.

6) 마지막으로 한 가지를 더 이야기할 필요가 있다. 지민이 죽은 후 여울은 지민의 고향을 찾은 적이 있다. 지민의 뼛가루도 그곳에 뿌렸다. 솔은 거기서 여울과 다시 만나자고 편지에 썼다. 돌이켜보면 여울이 솔을 처음 만난 곳도 지민의 고향으로 가는 길에서였다. 여울과 솔의 관계 가운데에는 지민이 있다. 솔의 집

안은 넉넉한 편이 아니다. 어머니는 먼지 날리는 찻길에서 봉지에 사과를 담아 팔고, 아버지는 동네 사람이 죽으면 염을 해준다. 아마도 근근이 먹고사는 처지이지 싶다. 거기다 솔은 한쪽 다리를 절기까지 않다. 여러모로 보아 행복할 구석이 전혀 없는데도 솔은 대책 없이 밝은 아이이기도 하다. 여울과는 별로 비슷한 점이 없는 것처럼 보이면서도 의외로 둘은 잘 어울린다. 여울은 솔의 밝음 뒤에 감추어진 고통의 무게를 어렵지 않게 짐작한다. 거기서 자신의 모습을 보았기 때문일 것이다. 그런 솔이 지민의 고향에서 다시 보자 한다.

  마지막 장면에서 보았던 그 무리들에게 잡히지 않고 무사히 몸을 빼냈다면, 아마도 여울은 지민의 고향을 다시 찾게 될 것이다. 거기에는 이제까지 여울이 거쳐간 곳과 같은 그런 집이 없다. 지민의 아버지와 어머니가 사는 곳은 있겠지만 지민이 없으므로 지민의 집은 아니다. 솔은 편지에서 이렇게 썼다. "나는 성 소수자, 장애우, 도시 빈민, 나아가 접대부와 매매춘 종사자까지 아우르는 멋진 공동체를 꿈꾸고 있다네."(209쪽) 기존의 관계를 대체하는 이런 대안적 공동체를 시작하는 곳이 지민의 고향이 될까? 글쎄, 거기에 솔이 꿈꾸는 공동체를 이룰 새로운 집을 짓게 될지는 모르겠지만, 이런 비전은 80년대적인 전망치를 훨씬 넘어서 있는 것처럼 보인다. 어쩌면 솔은 너무 일찍 도착해서 오히려 모자라게 느껴지는 미숙아였던지도 모르겠다. 솔의 이런 꿈과는 별개로, 여울은 그곳에서 지민이 자기 몸속에 살고 있음을 새로 발견할 수도 있으리라. 지민의 장사를 지내면서 여울은 지민의 뼛가루 가운데 일부를 집어 먹었다. 여울 안에는 지민의 뼛가루가 봉안되어 있다. 여울은 지민을 봉안해둔 무덤이고 집이다. 지민의 고향으로 간다는 것은 집이 되기로 처음 결심한 바로 그곳으로 간다는 의미이기도 할 것이다.

 소설 이후에 주어질 여울의 삶이 어떨지 예상하기란 쉽지 않다. 쓰이지 않은 것을 이야기하기도 어려운 노릇이다. 다만 마지막 장면에서 느껴지는 어떤 분위기만 이야기해보려 한다. 무리들이 달려오고 여울은 도망간다. 이들이 누구인지는 분명하지 않다. "잡아! 어서 덮쳐. 도망 못 가게, 저년, 오늘 갈가리 회 쳐 먹어!"라는 외설적인 어투와 "귀에 익은 목소리"(211쪽)라는 여울의 느낌을 미루어 짐작해보면 그건 선균 패거리들이라 여겨지지만, 여울이 다소 불온한 내용을 담고 있는 솔의 편지를 막 읽고 나온 참이라는 사실을 떠올리면 대학에 상주하는 프락치로 느껴지기도 한다. 그런데 흥미롭게도 이 장면은 전혀 다급해 보이지 않는다. "어이쿠"(212쪽), 이건 덤벼드는 놈에게 한 수 접어주면서 짐짓 겁나는 체하는 사람들이 낼 수 있는 소리다. 겁에 질린 사람은 난간 위로 오를 때 "폴짝"하고 오르지도 않는다. 이렇게 경쾌하고 가벼운 모양새로 오를 수는 없는 거다. "〈아크로바트〉의 여자처럼" 이리저리 몸을 움직이는 여울의 모습은 익살맞게 보인다. "빙빙 팔이 프로펠러처럼" 돌지만 "몸은 날아오르지" 않아 "단순하고 평범한 방식으로" "이동"하는 여울의

해설 어떤 방황, 소수자의 통과의례 233

모습에서는 웃음마저 터질 기세다. 그래서 이 마지막 장면은 어쩐지 낙관적으로 보인다. 아무 근거가 없으나마 우선은 이 낙관을 사랑하고 싶다.

3

어떤 세대의 기억은 개별적이기보다 집단적이다. 그들이 자기 지난날을 떠올릴 때 그 기억들은 자신의 독특한 이력 때문에 특별한 것이 아니라 그 시대가 지니는 휘황한 빛 때문에 특별하다. 그래서 누군가는 이 집단적인 기억에 무임승차를 하기도 한다. 그때 그곳에 있지 않았어도 거기에 있었던 동료들 속에 자기를 슬며시 끼워 놓거나, 개인적인 기억을 집단적인 기억으로 대체하는 방식으로. 1960년대에 태어나 80년대 학번으로 대학을 들어왔고, 그 이름이 붙여졌던 1990년대에는 삼십대로 살았던 세대야말로 집단적인 기억에 빚지고 있는 세대이다. 이 세대의 이름으로 정치 활동을 시작했던 사람들 상당수와, 1990년대를 통과하면서 자연스레 현 체제에 익숙해져간 사람들 다수는 특히 많은 빚을 지고 있다.

그러나 가끔씩은 이 집단적인 기억에 기대기를 주저하는 이들도 있는 모양이다. 그 시대를 다른 방식으로 살았거나 내세울 것이 없어서, 혹은 남의 것을 가져다 자기 것으로 만들 만큼 뻔뻔하지 못해서, 혹은 또다른 이유로. 그들 가운데 김이듬이 있다. 김이듬은 80년대를 고유명사화하려는 어떤 이들의 시도와는 달리, 누구나 자기 기억을 소중하게 여길 권리가 있다는 바로 그런 의미에서 80년대 어느 한 시기를 소설로 써냈을 뿐이다. 집단에 속하지 않은, 속할 수 없었던 소수자들의 이야기가 여기 우리 앞에 펼쳐져 있다. 앞서 여울이 집이 되었다고 썼다. 김이듬도 집이 되었다. 소설을 머리에 이고 있는 집. 김이듬이라는 집 속에서 이제껏 우리 문학사가 받아들이기를 거부했던 여러 이야기들이 둥지를 틀고 마음 편히 깃들기를.

작가의 말

소설을 쓸 줄 몰랐다, 내가.

지난 2002년 여름, 제법 긴 일정으로 몇몇 문인과 함께 타클라마칸에 간 적 있는데 그 광활하고 막막한 사막 한가운데서 송재학 시인께서 말씀하셨다. "김이듬 시인! 시 말고 소설을 써보지그래요?" 갈증과 허기, 후회막심의 여행지에서 모래가 내 발자국을 간직하는 기껏 몇 초 정도, 나는 그 말씀을 쥐고 있다 지워버렸다. 당시 나는 낙타 혹처럼 크고 거만한 마음으로 열렬히 나만 사랑했다.

오아시스는커녕 시원한 생수조차 없는 방이었다. 재작년 여름엔 모기도 나방도 엄청 많았다. 나는 모래가 서걱거리는 방바닥 모서리에서 기어나오는 벌레를 뚫어져라 보며 죽일까 말까 고민하고 있었다. 그때 휴대전화 벨이 울렸다. 자기는 김민정이라고 했다. 우리는 우연히 한 번 얼핏 스친 적이 있었다. 그녀의 짙은 속눈썹, 낙타처럼 크고 선한 눈망울이 떠올랐다. 그녀는 예뻤고 유명한 시인이자 편집자였고 나는 별로 안 예쁘고 하나도 안 유명해서 내 목소리는 점점 모기만해졌다. 그녀가 대뜸 '소설을 써보라'고 말했다. '어떻게 쓰면 되냐?'고 물었더니 '그냥, 마음대로 쓰면 된다'고 했다. 그녀의 전화가 길고 털 많고 징그러운, 다소 절망적인 기분에 사로잡혀 있었을 한 마리 벌레의 목숨을 구했다.

진짜로 나는 슬렁슬렁 내 멋대로 썼다. 주로 집 앞의 카페에서, 겨울방학엔 충북 청천에 있는 친구 지미 집 작은방에서 그리고 아는 선배가 유학중인 뉴욕의 공원 벤치에 앉아 다시 읽었다. 낙타가 바늘로 들어가는 것처럼 신비하게도 소설은 원치 않는 세상과 살아가는 법을 가르쳐주는 것 같다. 이 소설은 2010년 1년간 『풋』에 봄 호부터 겨울 호까지 연재했던 것으로, 적은 부분 수정되었다.

나에게는 《〈마음〉》이라는 희귀 음반이 있다. 1969년에 나온 낡은 LP음반인데 신중현 그룹이 백밴드이다. 하지만 한 번도 제대로 듣지 못한 채 먼지 속에 있었다. 나 또한 그러했다. 내 검은 마음의 홈에 바늘을 올려준 김민정 시인에게, 앰프와 턴테이블 등을 달아준 이들에게 사랑을 전한다. 성혜현 편집자와 문학동네에도 감사드린다. 마음의 홈이나 혹, 금 가거나 상처 난 데 영혼이 깃든다고 나는 믿는다. 지금 나는 천천히 빙글빙글 돌아간다. 트랙을 돈다. 들리는가? 여기서 흘러나오는 다소 튀고 멋지고 지지직거리는 노래가 멀리 네게도 들렸으면 좋겠다.

문학동네 장편소설

블러드 시스터즈
ⓒ 김이듬 2011

초판 인쇄 | 2011년 4월 27일
초판 발행 | 2011년 5월 10일

지은이 김이듬
펴낸이 강병선
책임편집 성혜현 | 편집 김민정 정세랑 | 독자 모니터 임화영
디자인 김선미 유현아 | 마케팅 신정민 서유경 정소영 강병주
온라인 마케팅 이상혁 한민아 장선아
제작 안정숙 서동관 김애진 | 제작처 (주)상지사 P&B

펴낸곳 (주)문학동네
출판등록 1993년 10월 22일 제406-2003-000045호
주소 413-756 경기도 파주시 교하읍 문발리 파주출판도시 513-8
전자우편 editor@munhak.com | 대표전화 031)955-8888 | 팩스 031)955-8855
문의전화 031) 955-8890(마케팅) 031) 955-2656(편집)
문학동네카페 http://cafe.naver.com/mhdn

ISBN 978-89-546-1463-4 03810

* 이 책의 판권은 지은이와 문학동네에 있습니다.
  이 책 내용의 전부 또는 일부를 재사용하려면 반드시 양측의 서면 동의를 받아야 합니다.
* 이 도서의 국립중앙도서관 출판시도서목록(CIP)은 e-CIP 홈페이지(http://www.nl.go.kr/ecip)에서
  이용하실 수 있습니다.(CIP제어번호: CIP2011001759)

www.munhak.com